メディアワークス文庫

萌梅公主偽伝〈上〉

都月きく音

目　次

序　失われた娘

鴛祈《えんき》との逢瀬《おうせ》はふた月振りになるだろうか。

供も連れずに馬を駆って来る姿を眺め、月蘭《げつらん》は双眸《そうぼう》を細めた。

「蘭々《らんらん》」

約束の場所で待っていてくれた恋人の姿を見つけた鴛祈《えんき》は、嬉《うれ》しげに声を上げる。

「鴛祈《えんき》様。ご無事で」

被《かず》き布をするりと落とし、月蘭《げつらん》も微笑《ほほえ》む。

「少し、お痩せになられましたか？」

抱《だ》き竦《すく》めてくれた逞《たくま》しい腕に触れながら、月蘭《げつらん》は小首を傾《かし》げた。以前に見たときよりも、顎の線が尖《とが》っているような気がするのだ。

鴛祈《えんき》はちょっと目を瞠《みは》ってから苦く笑う。

「まあ、少ぅしな」

戦場にいたのだから苦労したに違いない。それくらいの想像が出来ないような月蘭《げつらん》ではなかったが、改めてその様子を見せられると胸の奥がずくりと痛む。

「ご無事で、ようございました」

彼が大きな怪我《けが》もなく帰還してくれたことを、改めて神仏に感謝した。遠い場所から祈願することしか出来なかった月蘭《げつらん》は、ずっと気が気ではなかったのだ。

「そう言うあなたは、少しふくよかになられたか？」

「きゃっ」

痛ましげな表情になって沈んだ声を出す月蘭《げつらん》を抱え上げ、鴛祈《えんき》はそれを打ち消すように明るい声音を響かせた。

「そんなことありません。いやな方ですね！」

「そうかな？　以前のあなたはもっと小さく細かったような気がするが……」

「もう！」

真面目な表情で腹立たしいことを言う男を睨《にら》み、月蘭《げつらん》は頰を膨らませる。そんな可愛《かわい》らしい表情を見下ろし、鴛祈《えんき》は声を立てて笑いながらくるりと回り、月蘭《げつらん》を抱えたままその場に倒れ込んだ。

きゃあっ、と月蘭《げつらん》が悲鳴を上げ、それから楽しげに笑う。

久方振りの逢瀬を楽しみ、睦《むつ》み合《あ》う恋人達の声が、夏の近づく青天に晴れやかに響いていた。

ひとしきり笑い合ったあと、二人は草原に寝転んだまま並んで空を見上げた。

「――…子が、出来たのです」

鴛祈《えんき》が愛《いと》しい姫の重みを腕に感じ、その幸せを噛《か》み締《し》めながら雲の流れを追っていると、左の肩に額を擦り寄せた月蘭《げつらん》が囁《ささや》いた。

思わず「え？」と小さく声を漏らす。

振り返ると、瞳を潤ませた月蘭《げつらん》が頰を染めて微笑んでいた。

「真実《まこと》か？」

「はい」

声は上擦って僅かに震えていたが、答えは明瞭だった。

はっ、と鴛祈《えんき》は吐息を漏らす。

「そうか……子が……」

零《こぼ》された声音に戸惑いが含まれていることを感じて、月蘭《げつらん》は顔を上げた。

「あ、いや……。迷惑とか、そういうことではないのだ。ただ驚いただけで」

身に覚えがないわけではないが、そうなるとはまったく思っていなかったのだ。

慌ててそう答えてから、月蘭《げつらん》の告白にゆるゆると実感が湧いてきて、口許《くちもと》が緩んだ。

「――…子か」

もう一度、確かめるように呟《つぶや》く声に、月蘭《げつらん》は「はい」と頷《うなず》く。

伸びてきた大きな掌《てのひら》が、月蘭《げつらん》の腹に触れてくる。既にそこは触れればはっきりとわかるほどに丸みを帯びていた。

「わたしの子が、いるのだな」

丸みを愛しく撫《な》でながら頬を寄せ、鴛祈《えんき》は呟く。はい、と月蘭《げつらん》は微笑んだ。

「いつ生まれる？」

「詳しくはわかりませんけれど、年暮れの前には」

「そうか。暮れか」

噛み締めるように頷いてから、その頃には傍《そば》についていてやることが出来るだろうか、と僅かながら不安を抱く。

ここのところ半年と空けずに戦続きだ。十年ばかり前に滅ぼした小国の残党が、兵力を集っては戦を仕掛けてくるからだ。

武力に秀でた彼《か》の小国は、夜襲と奇襲に女子供を質にした虐殺という悪辣な戦術で攻め取った卑怯《ひきょう》なこちらのことを、心から恨んでいる。そんな非道なことをされて禍根が残らないわけがないし、その気持ちは鴛祈《えんき》もよくわかるつもりだ。しかし、当時まだ戦を知らない幼さであった彼に、父や兄を諫《いさ》めるような力はなかった。

戦とは本当に嫌なものだ。暴力で以《もっ》て他者を蹂躙《じゅうりん》する——なんとも愚かしい行為だ。

　しかも、ここのところの戦の原因は、すべてこちら側にあるのだ。こういう憎しみや怨《うら》みの連鎖を生むからこそ、戦というものをするのは実に馬鹿げていると思う。

「蘭々《らんらん》」

　ひどく遣る瀬《やせ》ない気持ちになりながら、腕の中の恋人を呼ぶ。

「子が出来たのならば、早々に婚儀の許しを頂かねばならぬな」

　月蘭《げつらん》は鴛祈《えんき》の顔を覗《のぞ》き込んだ。

「でも」

「わかっている。だから、もう少しだけ待っていてくれ」

　起き上がった鴛祈《えんき》は月蘭《げつらん》も起こし、その肩をしっかりと摑《つか》んで真剣な目を向ける。

「もうすぐ——恐らくこの秋の収穫を終えるのを待って、隣国との戦が始まる。そこで必ず武勲を立て、今度こそ許しを頂いてみせる」

　二人の結婚に反対しているのは月蘭《げつらん》の父だ。彼は娘を鴛祈《えんき》の兄に嫁がせたいと思っている。世継ぎである兄には既に何人も側室がいるが、それでも次期国王だ。国の最高位の男の妻となるのが女としての幸せだろうと考えるのは、父親としては普通のことだろう。その考えを否定はしないが、娘本人が嫌がっているのだから、本心から幸せを願っているのならやめてやって欲しいとは思う。

それでも、今はまだ王の許しが出ていない。大臣達の承認も下りていない。

次の戦でも武功を立てれば、父王が鴛祈《えんき》に褒美をくれると言っていた。それを利用して、結婚の許可を王命で出してもらおうと思っているのだ。そうすれば月蘭《げつらん》の父も逆らえやしないし、諦めてくれるだろう。

もう少し待っていてくれ、という鴛祈《えんき》の言葉に、月蘭《げつらん》はただただ頷いた。

「お待ちしております。けれど、どうか、この子を父なし子にはしないでくださいませね」

「もちろんだとも。必ず戻る」

そう言って口づけを交わし、二人は少し先のことを固く約束し合った。

「……さあ、夏が近いとはいっても、身体《からだ》を冷やしてはいけない。お父上に見つかっても大変だ」

少し陽が陰ってきたことに気づいた鴛祈《えんき》は、そう言って月蘭《げつらん》を立たせる。

久方振りだというのにあまりにも短い逢瀬で名残惜しくはあったが、月蘭《げつらん》も頷き、供の者が待つ場所へと送ってもらう。

木に寄りかかって腰を下ろしていた男は、二人が近づいて来たことに気づき、さっと立ち上がって叩頭《こうとう》した。彼は月蘭《げつらん》の外出時の護衛兼従者だ。

鴛祈《えんき》はその男を僅かに睨み、月蘭《げつらん》を馬へと乗せてやる。

「また手紙を書くよ」

月蘭《げつらん》がしっかりと鞍《くら》に乗ったことを確認してから、その手を握って囁く。

「私も書きます」

手を握り返しながら、嬉しげに微笑む。その表情は確かに幸せそうだった。

「スウォル」

別れが済んだと見るや、すぐに手綱を引こうとする男を鴛祈《えんき》は呼び止める。彼は変わった色の瞳で見つめ返してきた。

「蘭々《らんらん》を――お前の主人を、しっかりと守れよ」

その言葉に、男は頷くでもなく反論するでもなく、ただ静かにゆっくりと頭を下げた。

この男はいつもこうだ。こちらがなにかを言っても言葉は発さず、首を縦か横に振るばかり。会話が苦手なのだと月蘭《げつらん》は言っていたが、彼女とは意思疎通が出来ているようなのでそれも本当のことか怪しいものだ。

嘗《かつ》て滅ぼされた小国に所縁《ゆかり》ある者——それが彼の正体だ。

そんな男を、月蘭《げつらん》の父がどういった経緯で拾い、愛娘《まなむすめ》の護衛になどつけたのかは、鴛祈《えんき》にはわからない。尋ねても教えてはくれないだろう。

その素性の怪しさを不愉快に思い、一度軽く手合わせをしたことがあるが、護衛として申し分ないぐらいに腕は立つ。そのことだけは不承不承認めるしかなかった。

ゆっくりとした足取りで去って行く二人の姿を見送りながら、そんな男が愛しい月《げつ》蘭《らん》の傍にいるのだということに、鴛祈《えんき》はただただ胸の悪くなる思いだった。


鴛祈《えんき》は言っていた通りに、秋の収穫を終える頃、軍を率いて国境へと向かって行った。

早ければ年内に、遅くとも雪が降る前には帰還するとのことだ。雪が降っては身動きが取りづらくなるので、停戦するというのが昔からの習わしだった。

ほう、と溜《た》め息《いき》を零し、月蘭《げつらん》はすっかりと大きくなった腹を撫でる。

幸いというべきかどうなのか、父がここふた月ほどは王宮の方に詰めているので、懐妊の事実は知られずに済んでいる。今まではゆったりした服装ゆえに気づかれずに済んでいたが、これからはさすがに無理だろう。

さて、どうしたものか——月蘭《げつらん》は産み月が迫って来た腹を撫でながら思案する。

「お嬢様」

そんな月蘭《げつらん》の思考を遮り、幼い頃から付き従ってくれている年嵩《としかさ》の侍女が声をかけてきた。

「なぁに、楽花《がっか》？」

振り返ると、侍女は険しい顔つきでお茶を手にしていた。夜も更けてきて冷え込んでいるので、持って来てくれたのだろう。

「いつまでもこのまま、というわけには参りませんよ」

卓の上に茶碗《ちゃわん》を置きながら、楽花《がっか》は零す。

また始まった——月蘭《げつらん》はほんの少しだけ眉を寄せる。

楽花《がっか》の小言はここのところほぼ毎日だ。何故《なぜ》かなど、もちろん月蘭《げつらん》にもよくわかっていたので、黙って聞くことにする。

「いったいどうするおつもりでいらっしゃるのですか……」

今度は溜め息混じり。

「なにも考えていないわけではないのよ」

茶碗を両手で持って指先を温めながら、月蘭《げつらん》は唇を尖らせた。その様子に楽花《がっか》はキッと目つきを鋭くし、拳を握って身を乗り出す。

「考えていないから、そんなお腹《なか》になってしまったのでしょう！」

さすがに返す言葉はなかった。

早くに母を亡くした月蘭《げつらん》にとって、この侍女は母親代わりのようなものだった。世の女親がしてくれるであろうことは、すべて楽花《がっか》がやってくれていた。

それ故に、我が子同然の月蘭《げつらん》が正当な手順も踏まずに恋人に身体を許し、孕《はら》んでしまったことを心底嘆いているのだ。そんな楽花《がっか》の気持ちが理解出来ないほどに月蘭《げつらん》は浅墓ではないが、素直に反省して謝れるほどには聞き分けのいい娘でもなかった。

半分ほどお茶を飲み、息をひとつ吐く。

「楽花《がっか》」

怒りにぶるぶると震えている拳に手を添え、月蘭《げつらん》は言った。

「順番がおかしかったことは、確かに私がよくなかったわ。でも、鴛祈《えんき》様も私も、心はずっとひとつなの。共に生きたい、と」

「お嬢様……」

「悪いことをした自覚は、本当にきちんとあるの。反省もしているわ。――でもね、お父様が頑《かたく》なだったからこうなってしまったことも、お前はわかってくれるでしょう？」

真摯に訴えかける。楽花《がっか》は唇を引き結んだままなにも言わなかったが、心の内では頷いてくれているのがわかった。

この柳国《りゅうこく》の次期君主は、鴛祈《えんき》の兄である鴛凌《えんりょう》だ。月蘭《げつらん》の父はその世太子に月蘭《げつらん》を嫁がせたいと、ずっと昔から考えていた。

鴛凌《えんりょう》には既に正妃がいた。月蘭《げつらん》が嫁いでも側妃にしかなれないとわかっていたのだが、その正妃が四年ほど前に身罷《みまか》った。産褥《さんじょく》の疲れた身体に夜伽《よとぎ》を命じられ、そのまま閨室《しんしつ》で亡くなったということだった。

そんな恐ろしく非情なことをする男の許《もと》へ嫁げと父は言うのだ。幼い頃より相思相愛だった鴛祈《えんき》と別れさせてまで。

このことは楽花《がっか》も共に嘆いてくれたし、いくら次期国王という身分であろうとも、そんな残忍で好色な男の許へ嫁がせるのは反対だ、と思ってくれていた。

嫌だ嫌だと拒み続け、事ある毎《ごと》に鴛祈《えんき》との婚儀を認めるように訴えてきた。月蘭《げつらん》の言葉だけでは心許《こころもと》ないから、鴛祈《えんき》自身もわざわざ足を運び何度も許しを請うていたのだが、ずっと平行線のままだった。

いくつかの戦で武功を立て、月蘭《げつらん》を守れる一人前の男として認められるようになれば婚姻を認めよう、という話になったのが、昨年の春頃のことだった。

約束のあと、二度ほどの戦を経験した鴛祈《えんき》だったが、規模が小さい故に武功とまでは言えぬ、という言葉で反故《ほご》にされてしまい、待ちきれなかった月蘭《げつらん》が彼の許へ駆けたのだったが——結果としてこのようなことになった。

はち切れそうになっている腹を見下ろしながら、月蘭《げつらん》は静かに嘆息した。

本当は、身籠ったとわかった時点で父には告白しようと思っていたのだが、先に鴛《えん》祈《き》に報《しら》せてからだ、と少し間を空けたのがいけなかったのかも知れない。

そこから機会を逸しているうちにどんどん腹は大きくなり、そろそろ隠せないだろう、と思っていた矢先に隣国との戦争の火蓋が切られ、それが想定よりも大きなものとなりそうだから、と父が王宮に詰めきりになってしまってふた月以上だ。話し出す機会を完全に見失ってしまった。

もうじきに生まれる。そうなってしまってはどうなることやら。

腹を撫でていると、外が俄《にわ》かに騒がしくなったことに気づく。

なにかあったのだろうか、と月蘭《げつらん》と楽花《がっか》が揃《そろ》って扉へ顔を向けると同時に、そこが乱暴に開け放たれた。

「――……おっ、お父様!?」

両肩を怒らせて部屋に入って来た父は、月蘭《げつらん》の姿を見て、迷わずに手を振り上げた。

「この、痴《し》れ者《もの》が！」

父に頰を張られたのは初めてのことだった。痛みと衝撃に言葉を失い、悪鬼のように顔をどす黒くしている父を茫然《ぼうぜん》と見つめ返す。

「婚前に孕むなど、なんたることか！　恥を知れ！」

鋭く怒鳴りつけると、息を荒くしたままその場に膝をつき、低く慟哭《どうこく》し始める。

月蘭《げつらん》は楽花《がっか》に支えられて姿勢を正しながら、そんな父の様子を黙って見つめた。

この腹のことをついに誰ぞから聞かされたのだろう。そうして慌てて暇を作り、帰宅したのか。

悪いことをした、と幾許《いくばく》か胸の内が痛む。一人娘がこのようなことになっているという事実をよそから聞かされたのなら、その驚きようは計り知れない。殴られても当然だろう。

月蘭《げつらん》は静かに手をつき、深く頭を下げた。

「お父様のお怒り、尤《もっと》もでございます。すべては私の浅慮が致したこと。なんと申し上げればいいのか思い浮かびませんが、それでも、どうかお許しくださいませ」

父は黙っていた。

ややして、大きな溜め息を零しながら顔を上げ、最後に見たときよりも随分と痩せた手で月蘭《げつらん》の手を摑んだ。

「逃げよ」

鋭い声でそう告げると、その手を引いて立たせる。

えっ、と月蘭《げつらん》は双眸を瞠り、楽花《がっか》を振り返った。

「荷詰めの暇はない。そこらの櫛《くし》やらなにやら、金に換えられそうなものをとにかく身に着けろ。急げ」

「お父様？」

突然のことに理解が追いつかずに父を見返すと、簪《かんざし》入れを摑んだまま振り返る。

その表情はなにか苦しそうだ。

「その腹のことが、世太子殿下に知れた」

端的な言葉。しかし、それ以上の説明はいらなかった。

自分の許へ嫁ぐかも知れないという話題が何度も出ていた娘に、誰かが先に手をつけたのだという事実を、鴛凌《えんりょう》が知ったということだ。高慢で利己的な鴛凌《えんりょう》のことだから、それを聞き流すほどには度量が大きくはないし、しかも仲の悪い鴛祈《えんき》が原因だということになれば、月蘭《げつらん》と腹の子をどうしてしまおうと考えるのかは明白だった。

そして恐ろしいことに、鴛凌《えんりょう》はそういったことをやっても許される立場にある。

さっと顔色を失った月蘭《げつらん》だったが、すぐに気持ちを取り直す。父の指示通りに、換金出来そうな絹を何枚か重ねて羽織り、着けられる分だけの腕環《わ》や首飾りを着けて懐にもいくつか忍ばせ、持ち運べる最低限のものを纏《まと》った。

月蘭《げつらん》の身支度が整ったことを見ると、父は外へ声をかける。すぐにスウォルが姿を現した。

「状況はわかるな？」

言葉少ない父の問いかけに、スウォルはいつものようにこくりと首を動かした。

「月蘭《げつらん》を守れ。お前の名が示すとおりに」

スウォルはこくりともう一度首を動かし、素早く立ち上がると、月蘭《げつらん》の手を摑んだ。

別れの涙を零す暇もなかった。

なにか叫んでいる楽花《がっか》の声を背に聞きながら走り出した月蘭《げつらん》は、己も涙が零れ落ちそうになっていることに気づき、慌てて袖口で目許《めもと》を擦った。泣いていても状況は変わらない。

厩《うまや》に辿《たど》り着《つ》いたスウォルは、月蘭《げつらん》を振り返る。

「……乗れるわ。手を貸してくれれば」

腹が大きくなってきてから馬に乗るような遠出はしていなかったので、多少の不安はあった。けれど、今はそんなことを言っている場合ではない。

スウォルの手を借りてなんとか鞍に跨《また》がり、産み月まで間もない大きな腹を見下ろす。

(大丈夫。鴛祈《えんき》様の御子だもの)

何事も起こらないことを祈りながら手綱を握り、スウォルが示す方へと馬首を向ける。

月明かりの下、二人は走り出す。

先を行くスウォルの姿をよく見てみれば、背と腰に剣を佩《は》き、鞍の横には矢箱が二つ下がっている。いつもよりもずっと武装している様子に、今の状況が本当に危険なのだろうと察する。

ずきん、と腹が痛む。思ったよりも馬の走る振動が大きいからだろう。腰を浮かせて立って乗ることも出来なくはないが、今はこの大きな腹の所為《せい》で姿勢を維持出来そうにもない。どうにかこのままの姿勢で耐えるしかない。

心中で腹の子に謝りながら、なんとか堪えてくれ、と強く願いつつ、スウォルを追って山道を駆け上がって行く。

ふと、背後が俄かに明るくなったような気がした。

不安を感じて肩越しに振り返ると、屋敷《やしき》のあたりが明るくなっている様子が見えた。松明《たいまつ》の灯《あか》りだ。

月蘭《げつらん》が生まれ育った屋敷が、いくつもの松明に囲まれている。

だから父は急がせたのだ。ああなってしまっていては、抜け出すことなど出来やしなかった。本当に僅かな差だった。

再び腹が痛む。胸のあたりも。

（戦時下だというのに……）

眩暈《めまい》がするほどに湧き上がってきたのは、恐ろしさよりも怒りだった。

鴛祈《えんき》は戦地にいる。多くの兵や、徴用された民もだ。

国を守る為《ため》に武器を持って敵を傷つけ、己も傷ついているというのに、次代を担う男が安穏な都でしていることが、手勢を動かして小娘一人を罰しようとすることなのだ。愚かしいというよりほかはない。

父はそんな男の味方だった筈《はず》だ。けれど、それを間違っていると感じたのか、ただ単に一人娘を傷つけられたくなくてそうしたのかは知らないが、月蘭《げつらん》を逃がすことにしたのだ。その行為に感謝をすればいいのか、嘆けばいいのか。

恐らく父は、月蘭《げつらん》を逃がしたことを責められるだろう。それでどうなってしまうかはわからない。最悪、殺されるかも知れない。

悔しさに滲《にじ》む涙を乱暴に拭き取り、先を行くスウォルの背中をしっかりと見つめる。

腹はまだ張るように痛む。先刻よりも痛みは増すばかりだが、立ち止まることなど出来やしない。折角父が逃がしてくれたのだから。

途中から街道を逸《そ》れて随分と山の中を進み、一応均《なら》されて道になっていた場所を外れたところで、スウォルが立ち止まる。月蘭《げつらん》も慌てて手綱を引いた。

「お嬢様」

あまり喋《しゃべ》らないスウォルの声を随分と久しぶりに聞いた。

「歩けますか？」

馬を下りたスウォルは淡々とした口調で尋ねてくる。特に感情のこもらないその声音に少し恐ろしさを感じながら、月蘭《げつらん》は首を振った。

「ちょっとわからないわ」

もちろん歩けないわけではない。けれど、まだ暗い夜の獣道を、この大きなお腹を抱えて歩けるかはわからなかった。

スウォルの眉が僅かに寄る。その様に、迷惑極まりないことだろうな、と月蘭《げつらん》は思った。

彼は父に恩義があるから従っているだけで、月蘭《げつらん》を主人としているわけではない。守れと命じられたからそうしてくれているが、足手纏《あしでまと》いどころかただのお荷物にしか思えないことくらいは理解している。

月蘭《げつらん》は小さく「いい」と呟き、手を貸してくれるように頼んだ。

「馬は入って行けない道へ行くのでしょう？　それが最善だというのなら、従います」

その決意にスウォルはこくりと頷き、自分が乗って来た馬の鞍に月蘭《げつらん》の下着の裾を破った端切れを絡ませると、尻を叩《たた》いてよそへやってしまう。

「二頭とも同時に放せば、居場所が割れるかも知れない」

去り行く馬の姿を目で追っていた月蘭《げつらん》に、スウォルは短く説明した。女物の衣の端切れをつけておけば、落馬したと思って近辺を捜すようになるだろう、と考えを示して。

頷きながら来た道を振り返れば、暗闇の中に微《かす》かに灯りが見え隠れしている。追手だろうか。想像以上に早い。

青褪《ざ》めていると先を促されたので、月蘭《げつらん》は慌てて歩みを進め始めた。

「――…スウォルは、事情を知っているの？」

そこまで険しく急な山道でなくてよかった、と思いながら、横たわる古木をなんとか踏み越える。

話を振られたスウォルは、僅かに頷き返しながら手を貸してくれた。

「あれは、本当に、世太子殿下の手の者なの？」

「殿様はそうおっしゃっていた」

大きな窪《くぼ》みを越える為に抱え上げてくれるのへ申し訳なさを感じながら、端的な回答に眉根を寄せる。

「俺は、聞いたままを殿様に伝えました」

何故このようなことになっているのか、と今の状況に疑問を持ちつつ嘆かわしく思っていると、スウォルが短く言葉を継いだ。

曰《いわ》く、屋敷と父との間の使い走りをして王宮に出向いたときに、密談を交わしている男達の声を聞いたという。断片的にでも聞き取ったのは、月蘭《げつらん》を拐《かどわか》そうという内容だった。

自分が護衛を言いつけられている相手が危険に晒《さら》されようとしているのだ。これはいけない、と思い、主人である月蘭《げつらん》の父へことの次第を伝え、指示を受けて方々に探りを入れて調べた。その結果が、鴛凌《えんりよう》が月蘭《げつらん》を強く所望しているという話だったのだ。鴛凌《えんりよう》の正室が亡くなってからもうそろそろ四年ばかりになる。側室は既に何人かいるが、彼女達よりも高位の家柄の娘を新たに正室に迎えようと考えたのだろう。

しかし、父は鴛祈《えんき》と約束してしまった手前、以前は熱心に進めようとしていた鴛《えん》凌《りよう》との縁談の行方を最近は濁していた。恐らくその物騒な話の背景にあるのも、以前は勧めていたのに、求めたら躱《かわ》されるようになったことが原因だろう。

即答で受け入れられなかったことが気に入らず、手っ取り早く後宮に捕らえてしまおう、という乱暴すぎる結論に至ったらしい。その段取りの途中で、月蘭《げつらん》が密《ひそ》かに懐妊しているようだという情報を得たようだった。

「それが何故、あんな夜襲をかけるみたいなことになるのよ」

苦しげな息の下から月蘭《げつらん》は疑問を投げかける。

知らない、とスウォルは首を振った。

「俺は見たまま聞いたままを伝えただけだし、あれが世太子の手下だってのも本当で……お嬢様？　大丈夫ですか？」

月蘭《げつらん》の呼吸が明らかにおかしいことに気づいて立ち止まる。断りを入れて頬に触れると、そこは滝のような汗が流れている上に、ぶるぶると震えているようだった。

大丈夫、と答えようとした月蘭《げつらん》だったが、そんな強がりを言うような余裕はなかった。震える手でスウォルの手首を摑み、力を込める。

「——……お……お、なか、が……痛い、の……っ」

先程からずっと痛んでいた。一向に治る気配がないどころか、痛みは増すばかりで、今はもう我慢するのもつらいくらいに痛んでいる。

スウォルはさっと顔色を変え、遠く木立ちの向こうに揺らめく灯りの群れとの距離を測る。まだ多少の余裕はある。

「お嬢様、もう少し頑張って歩いてください。この山を越せば、第一の目的地があります」

この大きな腹では背負ってやることは出来ないし、抱き上げてこちらの手が完全に塞がってしまうのも困る。自力で歩いてもらうしかない。

月蘭《げつらん》は泣きながら必死に頷いた。こんなところで立ち止まっている余裕はないのだ。

腹を摩《さす》りながら歩き出す。

痛み出してからずっと、胎動が感じられなくなっている。今朝まではあんなに元気に動き回っていたというのに。

そのことに不安を抱きながらも、胸許に忍ばせた鴛祈《えんき》からの最後の手紙の文面を思い起こし、気力を奮い立たせる。

『腹の子が息子だったら、慣例通り「鴛《えん》」の字を与えたい。きみの名から一字取って、月鴛《げつえん》などどうだろうか。我等二人の子らしくてよかろう』

（でも、この子は娘のような気がするのです）

『娘だったら、思い出のあの樹《き》に肖《あやか》った名をつけようと思う――』

月蘭《げつらん》は存在を確かめるように腹に触れる。

生きて。生きて。生きて。

元気に生まれて、私の腕に抱かれて。あなたのお父様にも抱かれてあげて。

つらい目に遭わせてごめんなさい。でも、もう少しだけ我慢して。もう少しだけ。

「頑張って――萌梅《ほうばい》」

一　山村の姉妹

ああ、いやだ――と月香《げっか》は唇を尖らせた。

苛立《いらだ》ち紛れに、その艶《つや》やかな髪を結っていた解けかけの紐《ひも》を引き抜き、ぶんぶんと頭を振る。綺麗《きれい》に整えられていたのにあっという間にぼさぼさの乱れ髪だ。

(なんで私、こんなことしてるのかしら)

ぼさぼさ頭のまま大袈裟《おおげさ》な溜め息を零すとしゃがみ込み、足許《あしもと》の薬草を乱暴に引っこ抜く。摘み方は乱雑極まりないが、間違えて雑草や毒草などは抜いていない。そのあたりは慣れたものだ。

それを傍らの籠を目がけてばっさばっさと乱雑に放り込んだ。

そんなやり方をしているものだから、たまに籠に入らずに下へ落ちるものもある。それを視界の端に捉えると、舌打ちと溜め息を零しながらきちんと中へ入れ直すのだった。

「……いやだ。爪に土が入った」

腹立たしげに呟き、苛々《いらいら》と爪の間に入り込んだ土を取り除こうと掻《か》き出《だ》すが、まったく上手《うま》くいかない。どんどんと奥に入って行き、爪の生え際にまで押し込まれてしまった。

荒れた手なんてみっともない。この色の白いほっそりとした月香《げっか》の手は、すべらかでつるりとしているのが似合う筈なのに、いつもガサガサと荒れている。

こんなことばかりしていれば当たり前だわ、と月香《げっか》は薬草の入った籠を睨んで嘆息した。

土でいつも汚れているし、気をつけていても汁でかぶれたりする。たかが葉っぱと侮ってうっかりしていると、すっぱりと切れてしまうこともある。まったく忌々しい。

「月香《げっか》ぁ」

下草を掻《か》き分《わ》けて歩き回ったり、しゃがんでいた為に汚れた裾にも苛立たしさを感じていると、遠くから呼ばわる声がする。

振り返ると、茂みを抜けて姉が来るところだった。

「そろそろ帰ろうか。摘めた？」

薬草でいっぱいになった籠を背負い直しながら、螢月《けいげつ》は妹へ笑みを向ける。対する月香《げっか》は唇を尖らせて仏頂面だ。

「どうしたの？」

「……髪が解けたの」

「あら。何処《どこ》かに引っかけたの？」

朝に綺麗に結ってやった髪が風に嬲《なぶ》られて乱れている様子に、螢月《けいげつ》は苦笑する。

「結い直して」

月香《げっか》は唇を尖らせたまま結い紐を姉に向かって突き出す。それを受け取った螢月《けいげつ》は、困ったような曖昧な笑みを浮かべた。

「でも、今は手が汚れているし……取《と》り敢《あ》えず、父さんの小屋に行こう？」

そう提案すると、月香《げっか》は更に唇を尖らせて明らかに不満そうだった。けれど、ここで駄々を捏《こ》ねても仕方ないと思ったのか、籠を持って歩き出す。

月香《げっか》は螢月《けいげつ》の櫛が欲しくて仕方がないのだ。自分の櫛も持っているのに、どうしても螢月《けいげつ》の櫛を使いたがる。

幼い頃から螢月《けいげつ》は、基本的には月香《げっか》の我儘《わがまま》には応じてきた。持ち物を欲しがれば与えたし、なにかして欲しいとねだられれば叶《かな》えてやった。けれど、この櫛だけは渡したくない。

螢月《けいげつ》の持っている櫛は、母からもらったものだ。

良家のお嬢様だったという母の櫛は、接ぎを当てる袍《ふく》を着るような螢月《けいげつ》には身分不相応な明らかに高価なものだが、だからこそ宝物として大事にしている。

その綺麗な細工の櫛を、月香《げっか》は心底羨ましがっているのだ。でも、この櫛だけは譲りたくなかった。母から「絶対になくさず、大事に持っているようにね」と言いつけられていたこともあるからだろう。

父の炭焼き小屋に辿り着き、煙が立ち昇っていることを確認する。炭を焼いているということは、今夜から泊まり込むのだろう。食事はどうするのか確認しなければ。

籠を下ろして振り返ると、月香《げっか》が干し棚に自分が摘んできた蓬《よもぎ》をぶちまけているところだった。己の不機嫌を主張するかのように、とても乱暴な手つきで雑に広げている。あとでやり直しておかなければいけないだろう。

「月香《げっか》、父さんに夕飯どうするか訊《き》いて来て」

「ええ……」

「その間に手を洗っておくから、戻って来たら髪やってあげる」

「…………」

「ほら。そんな顔しないの。可愛いのにもったいないわよ」

行ってらっしゃい、と背中を押すように言うと、月香《げっか》はぶすくれた表情のまま踵《きびす》を返《かえ》し、窯がある方へと出て行った。

やれやれ、と溜め息を零しつつ、汲《く》み置きの水瓶《みずがめ》に柄杓《ひしゃく》を差し入れた。

最近の月香《げっか》は、あれも嫌これも嫌と、なにもかもほとんどのものを拒絶する。困ったものだ。

先日、村長の息子から結婚を申し込まれたので、なにか思うところがあるのかも知れない。とてもいい縁なので是非受けて欲しいところなのだが、まだ十五歳の月香《げっか》は戸惑っているのだろう。

求婚してきた青甄《せいしん》はいい人だ。優しく穏やかで勤勉で、愚直なほどに真面目な働き者であり、明るく朗らかで、面倒見もいいし、誰に対しても細やかな気遣いの出来る人である。夫となってくれるには理想的な人だろう。

この村の年頃の女の子達はほとんどが青甄《せいしん》を素敵な人だと思っていて、螢月《けいげつ》も彼には淡い憧れを抱いていた。他にも同年代で独身の青年は何人かいるが、その中でも青《せい》甄《しん》は一番人気があった。村長の息子でそれなりに富裕であるということもあるだろうが、もちろん人柄のよさも人気を集める要因になっている。

そんな彼が嫁にと望んだのは、この近隣では一番の美少女とも評される月香《げっか》だった。

月香《げっか》が相手なら仕方がないわね、青甄《せいしん》さんも結局は顔で選ぶのね、などと苦笑しながら、女の子達は二人の縁談の行方を見守る構えだ。もちろん螢月《けいげつ》もそうした一人だった。

横恋慕だとかそういう面倒臭いことはしない。こんな狭い村の中でのことだから変な禍根は残したくないし、今までそれなりに同年代で仲良くやってきたのだから、余計なことをしたりするのも野暮だと思っている。螢月《けいげつ》と同い年の小蘭《しょうらん》は結構本気で青甄《せいしん》に好意を寄せていたが、彼が求婚したという話を聞いて、その恋心を諦める方向にいくようなのはちょっと胸が痛かった。

「夕飯、持って来てくれると助かるって」

つらつらと考えごとをしながら手を洗い終え、手巾《てぬぐい》をしまったところで月香《げっか》が戻って来た。まだまだ仏頂面だ。

そう、と頷き、螢月《けいげつ》は帯の間から櫛を取り出した。

「じゃあ髪やってあげる。ここに座んなさいな」

手招きすると、月香《げっか》はようやく笑みを見せた。框《かまち》の上にすとんと腰を下ろし、螢月《けいげつ》へ背を向ける。

月香《げっか》の腰までの黒髪を、螢月《けいげつ》は丁寧に梳《す》いていく。太くてコシが強く広がりやすい自分の髪と違って、細く柔らかな月香《げっか》の髪は梳く度につやつやと綺麗な光沢を見せる。本人は変に癖がつきやすいのでよく絡まるから嫌だと言っているが、指通りよくさらりと揺れるそれが少し羨ましい。

束にしたものを捻《ひね》ってくるりと輪にして形を整え、崩れないようにしっかりと紐で結う。本当はもっと複雑で綺麗な形に結ってやりたいところだが、残念ながら螢月《けいげつ》はそこまで器用ではない。

「出来たわよ」

乱れ髪を整え直した月香《げつか》は、やはりこの村の誰よりも美しく可愛らしい。螢月《けいげつ》の自慢の妹だ。

鏡はなかったので、結われた形をそっと指先で確認するように触れ、月香《げつか》は満更でもない表情になる。

「やっぱりね、姉さんの櫛で梳くと、いつもよりうんと綺麗になった感じがする」

「なに言ってるの。櫛なんてどれも一緒でしょう」

「違うもの」

尚《なお》も言う月香《げつか》の言葉に、そんなわけあるか、と笑いながら櫛をしまおうとすると、ぱっと横から取り上げられた。

「そんなこと言うなら、これちょうだい。大事に使うから」

「月香《げつか》」

「だって姉さんには櫛なんてみんな同じなんでしょ？　だったらこの櫛ちょうだい」

そう言って握り締めて胸に抱え込む。

またそんなことを言って、と螢月《けいげつ》は溜め息を零した。

「これは駄目って言ったでしょう？　だからこの前、桃色の襦裙《きもの》をあげたじゃない」

あの襦裙《きもの》は十四のときに父が買ってくれたお気に入りの晴れ着だった。優しい桃色で、襟には白木蓮《はくもくれん》の花が刺繍《ししゅう》されている。春先に咲くあの花が好きな螢月《けいげつ》は本当にお気に入りだったのだ。

幸か不幸か、この四年の間でたいして背も伸びなければ体型が大きく変わることもなかったので、祭りや新年の祝いのときに着ていた。それを月香《げっか》は、この櫛と同様にずっと羨ましがっていたのだ。同じ年に一緒に買って貰《もら》った自分の方は丈が合わなくなってしまったので、余計に螢月《けいげつ》の晴れ着を欲しがっていた。

だから、櫛をもう欲しがらないのならば、とその襦裙《きもの》を譲ってあげたのは、今年の新年の祝いのときだった。それなのにもう反故にしている。

窘《たしな》められた月香《げっか》は、さすがにまだ半年も経《た》っていない約束のことなので覚えがあり、バツが悪そうに唇を尖らせる。泳がせた視線が気不味《きまず》さを物語っていた。

櫛に手を伸ばすとすぐに手を離したので、自分の行動を悪かったとは思っているのだ。こういう素直なところはやはり可愛い。

櫛をまた帯の間に挟み込み、月香《げっか》が摘んできた蓬の中で若葉である部分を手に取る。

「帰ろう。夕飯までまだ時間あるし、蒸し餅作ってあげるから」

「いいの？」

月香《げっか》はパッと顔を上げた。

ちょっと手間のかかる蒸し餅は、螢月《けいげつ》達の家ではなにかしらのお祝いのときに作ることにしている。なにもない日に作るのは稀《まれ》だ。

そうよ、と螢月《けいげつ》は頷いた。しかも、月香《げっか》の好きな蓬入りだ。

急に機嫌を直したらしい月香《げっか》は笑顔で立ち上がり、螢月《けいげつ》の腕を取った。

「でも、あんた一人で食べるわけじゃないからね。しばらく泊まり込みで大変になる父さんへの激励と、寝込んでる母さんの回復を願ってのことだからね」

「うん、わかってる。姉さん大好き！」

「……調子がいいんだから」

苦笑しつつも、こういう無邪気な月香《げっか》が可愛くて仕方がない螢月《けいげつ》だった。

家に戻ると、戸口のところに何故か野菜が積んであった。こんなにたくさんいったいどうしたのだろうか。

「孫《そん》さんの息子さんが持って来てくれたのよ」

少し体調が回復したらしく、煮炊き場に立っていた母が笑顔で答える。

その答えに、途端に月香《げっか》は嫌そうな顔になる。孫家の息子とは青甄《せいしん》のことだ。

「あとでお礼に行って来てね、月香《げっか》」

「嫌よ！」

母の言葉を即答で拒絶すると、そのまま奥の部屋に走って行ってしまう。

「……困った子」

母は溜め息を零し、悲しげな声で呟いた。

言わんとしていることはわかる。青甄《せいしん》との縁談は、よそ者だった我が家にとっては最上の縁談だ。孫家は村の中では一番の裕福で、青甄《せいしん》は性格もよくて容姿もそこまで悪くはないのだし、嫌がる理由は特にはない。

娘の幸せを願う母としては、是非にも受けて欲しいと思っているに決まっている。

螢月《けいげつ》にもその気持ちはよくわかった。

けれど、縁談なんてまだ早いと思っている月香《げっか》の気持ちもわかる螢月《けいげつ》は、母の言葉になんとも言えずに苦笑し、残り少なくなっていた餅粉を取り出す。

「蒸し餅？」

「うん。月香《げっか》に約束したから……駄目？」

「いいわよ」

母は笑い、器を取り出した。

「父さんは今日から泊まり込みだって」

「聞いているわ。お夕飯はどうするって？」

「あとで持って行くから」

「そう。頼んだわね」

頷きながら、母は螢月《けいげつ》の摘んできた山菜の下処理を始める。

螢月《けいげつ》が蓬を茹《ゆ》で始めると、家の中は蓬の香りでいっぱいになる。それを嗅いだ母は
「いい匂い」

嬉しそうな声を漏らした。螢月《けいげつ》も頷く。

蓬の匂いはいい。春を感じる。

春は好きだ。この山深い小さな村は、雪に閉ざされるほどに豪雪地ではないが、やはり寒々としていて物悲しい。それを春の暖かな陽射《ひざ》しがゆっくりと解《と》かしていってくれる。

春になると父は炭を焼く。冬の間に消費された分を補充する為によく売れるし、も

うひとつの生業である薬草摘みも捗《はかど》る。春は螢月《けいげつ》達家族にとって、大事な稼ぎ時なのだ。

「母さん」

茹《ゆ》で上《あ》がった蓬を刻みながら、螢月《けいげつ》はぽつりと呼びかける。

「月香《げっか》のこと、もう少し待ってあげてね」

その言葉に母は少し驚いたような顔になる。

「どうしたのよ、突然」

可笑《おか》しそうに笑い、蓬を刻む手許《てもと》に目を落としている螢月《けいげつ》の顔を覗き込んだ。

「青甄《せいしん》さんとの縁談がすごくいいものだっていうのは、月香《げっか》もわかってると思うの。でも、あの子はまだ十五になったばかりだし、まだまだ子供っていうか……」

なんとなく上手く説明出来なくて言葉が尻すぼみになると、母はもう一度笑った。

「わかっているわよ、そんなこと。だから勧めはするけど、無理強いはしていないでしょう。お返事も待ってもらっているし、あちらからもまだ本決まりじゃなくてって感じだったしね。それに――」

と言葉を切り、母は一瞬奥を見やったあと、声を小さくした。

「あの子、まったく煮炊きが出来ないじゃない。お嫁になんかまだ行かせられるわけないわよ。母さんが笑われちゃう」

確かにそうだ。月香《げっか》は昔から料理が好きではなくて、十五になった今でも皮剝《む》きはおろか、根菜を均一に刻むことさえ出来ない。炒《いた》め物をさせれば必ず焦がすし、煮物をさせても焦がす。味付けも酷《ひど》いものなのだ。

はっ、と螢月《けいげつ》は小さく声を漏らす。

「確かにそうだけど」

やり直したりの二度手間が面倒で、料理は螢月《けいげつ》と母がやってしまっていた。やらせないで放っていたのは母も螢月《けいげつ》も同じなのだから、月香《げっか》の料理下手は二人の責任でもある。それを笑ってはいけないとわかりつつも、ふにゃりと口許が歪《ゆが》んでしまう。

ついには堪えきれなくなり、二人揃って「んふっ」と笑いを漏らす。慌てて口許を押さえるが、耐えられずに肩が震える。

なんとか笑いを納め、螢月《けいげつ》は月香《げっか》のいいところを探す。

「お裁縫は上手よね」

「そうね」

「お洗濯も」

「洗い物とお掃除は好きね、あの子。綺麗好きだわ」

「私は苦手」

「そうね。お縫い物はもう少し練習が必要ね」

そんなことを言っていると、奥の部屋からガタゴトと音が聞こえ始める。二人は顔を見合わせた。

「また掃除を始めたのね」

呆《あき》れたように母が笑うので、螢月《けいげつ》も頷いた。

月香《げっか》はなにか気分が塞ぎ込んでいるときや、逆に腹が立っているときなど、部屋の中を片付け始める。お陰で家の中はいつも綺麗に片付いている。

つい三日前にも、納屋の中まで引っ繰り返して片付けたばかりなのに、まだ片付けるところがあるというのだろうか。

いずれにせよ、気が済むまでやらせておくのが吉だろう。終わる頃には蒸し餅も出来上がっている筈だ。

因《ちな》みに、片付けものや掃除をする場所が何処にもない場合は、しまってある手巾《てぬぐい》などを持ち出して洗濯を始める。真冬の水が冷たい時期にもやるぐらいなのだから、なかなかに執念深いところがあると思う。

あの情熱をもう少し他のことにも向けてくれればいいのに、と残念に思いながら蒸籠《せいろ》の用意をしておく。湯を沸かしている間に餅粉を水で溶いて掻《か》き混《ま》ぜ、硬さを確かめながら蓬を入れて更に練る。今日は奮発して、貴重な砂糖を少しだけ入れてやる。それを布に包んで蒸籠へと入れた。

再び漂い始めた蓬の香りに「いい匂いねぇ」と言いながら、母も下拵《したごしら》えの終えた山菜を鍋に入れ、軽く炒める。蕨《わらび》の炒め物は父の好物だ。

あとは粥《かゆ》を炊くだけだということで、二人は餅が蒸し上がるまで一息入れることにした。

「月香《げっか》、お茶淹《い》れるよ？」

少し前から片付けの音が聞こえなくなっていたので声をかけてみるが、返事はなかった。

もう一度呼んでみるが、やはり返事はない。

「寝ちゃったのかしらね」

茶器の支度をしていた母が首を傾げる。どうかしら、とこちらも首を捻りながら、取り敢えず二人分のお茶を出した。月香《げっか》には出涸《でが》らしで我慢してもらおう。

「あの様子じゃ、孫さんのところには行かなさそうね」

お茶を飲み始めても出て来ない月香《げっか》の様子に、母は溜め息を零す。

うん、と同意を示して頷きながら、螢月《けいげつ》は蒸籠を見やった。そろそろ蒸し上がる。

「私が行って来る。お餅持って」

その為に残っていた餅粉を全部使って、予定よりも少し多めに作ったのだ。

そう、と母は頷く。

「あなたはしっかりしていて、本当に助かるわ」

「そう？　葉っぱの御守《おまも》りのお陰かな」

照れ臭く笑いながら、螢月《けいげつ》は葉のような刺青のある首を軽く叩いた。

幼い頃は何故このようなものがあるのか不思議だったのだが、生まれた頃はかなり虚弱だった螢月《けいげつ》を案じて、古い呪《まじな》いを施したのだという。お陰で螢月《けいげつ》は大きな病気もせずに元気いっぱいに育った。

そんな螢月《けいげつ》の様子に母は曖昧に微笑んだ。その表情がなにか含んでいるところがあるような雰囲気だったが、螢月《けいげつ》はまったく気づかずににこにこと笑い返したのだった。

すっかりお茶を飲み終えても月香《げつか》は出て来ない。

仕方がないな、と溜め息をつきつつ、蒸し上がったばかりの餅から青甄《せいしん》の家に持って行く分を切り分けて包み、残りは皿に盛っておいた。

先に食べていて、と言い残して家を出て、村落の中程に在る孫家を目指す。

作付けの始まる前の稲田を横切って孫家に辿り着くと、庭先に青甄《せいしん》が丁度出て来たところだった。

「やあ」

螢月《けいげつ》の姿に気づいた青甄《せいしん》は、持っていた籠を下ろして笑みを向けてくれる。

「こんにちは。先程はお野菜をありがとうございました」

「ああ。この前親父《おやじ》さんに薬を分けてもらったから、そのお礼だよ」

十日ほど前に青甄《せいしん》の妹が酷い腹痛と高熱で寝込んだときに、父が煎じた薬を譲ったのだ。それでケロリと治ったので、そのお礼だったという。

まあ、と螢月《けいげつ》は驚いた。お米まであって、お礼というには量が多かったからだ。

「気にしないでくれよ。うちの親も感謝してて、あれくらい持って行けって言われたんだ。夕鈴《ゆうりん》に礼に行かせようと思ったんだけど、昨日だか一昨日だかにまた喧嘩《けんか》したんだって？」

「そうなんですか？」

知らなかったので思わず尋ね返す。

ひとつ違いの月香《げつか》と夕鈴《ゆうりん》は幼い頃からかなり仲がよい親友同士なのだが、たまにくだらない理由で派手な喧嘩をする。今回もそれなのだろう。

五日ほどすればまた仲直りするのだろうから放っておいてもいいのだが、またか、と少々呆れてしまう。

だから行くのを余計に嫌がったのね、と納得しつつ、持参した餅を見下ろす。

「蒸し餅作ったから持って来たんだけど……うちからのじゃ、夕鈴《ゆうりん》は食べてくれないでしょうか？」

「いや、それは食べるんじゃないかなぁ」

夕鈴《ゆうりん》も蒸し餅が好きだ。遊びに来たときに作ってやると、必ず月香《げっか》と取り合いになっていた。

青甄《せいしん》はまだ熱いぐらいの包みを受け取り、出来立てだな、と笑う。

「わざわざありがとうな、螢月《けいげつ》。俺、お前の作る飯、好きだよ」

その言葉に螢月《けいげつ》は一瞬頬を染めるが、優しい青甄《せいしん》のお世辞だと思ったので、笑って頷くだけにしておいた。

「それじゃ……」

「あっ、もう帰るのか？　茶でも」

「いいえ、大丈夫。だってなにかやるところだったのでしょう？　邪魔しちゃ悪いです」

青甄《せいしん》はなにか作業をしようと家を出て来たところだった筈だ。頂き物に対する礼を伝えてお返しの蒸し餅も渡せたし、螢月《けいげつ》の用事は済んだ。これ以上邪魔をするのも悪いので、余計な立ち話などはせずにさっさとお暇《いとま》することにする。

「そうか……。まあ、お前も忙しいだろうからな。身体に気をつけろよ」

なんだか残念そうな表情をするのが気にかかった。なにか別に話でもあったのだろうか、と思うが、青甄《せいしん》の言う通り、今日から父が炭窯に籠もり始めたし、薬草の選別やなにやらとやることが立て込んでいて忙しいのだ。

もう一度、野菜についての礼を言って、困ったときはお互い様だ、と言い合って別れた。

帰り道を歩きながら、今回の妹達の喧嘩の原因は、もしかすると青甄《せいしん》との縁談が絡んでいたのでは、と思いつく。

この周辺の事情を考えればかなりの良縁であるのに、月香《げつか》は嫌がっている。けれど、夕鈴《ゆうりん》は親友が兄嫁になるということをかなり喜んでいるようだ。半月ばかり前に縁談が持ち込まれてから、そのことで言い合いをしている姿を二度ほど見かけている。螢《けい》月《げつ》が見かけたのが二度なので、実際はもっとやっているに違いない。

月香《げつか》は基本的にはかなり頑固だ。自分の気に入らないことは絶対に受け付けないし、懇々としつこく言い聞かせて渋々納得させる、ということがほとんどだ。

その月香《げつか》と同じぐらいに夕鈴《ゆうりん》も自分の意見を曲げない。特に月香《げつか》相手だと意地になるのか、かなり意固地になる。普段はとても聞きわけがいいのに。

特に仲がいいからなのだろう。お互いに張り合うところがある。その所為でしょっちゅう喧嘩になっては大騒ぎしているし、小さな言い合い程度なら顔を合わせればほぼ毎回だ。楽しそうにお喋《しゃべ》りしていたかと思うと、急に喧嘩腰《けんかごし》になってあれこれと言い出したりする。昔から変わらないことであるので実に困ったものだと思う。

二人とも根は素直でいい子なのだから、変に意地を張らずにさっさと仲直りして、また一緒に遊べばいいのに、と螢月《けいげつ》は小さく溜め息をついて苦笑した。

二 秘密

母と姉の笑い声が聞こえる。

なによ、と月香《げっか》はますます膨れた。

(いっつも私を除《の》け者《もの》にして、二人で楽しくしちゃって!)

腹立たしく思いながら立ち上がり、鼻息荒く戸棚を開ける。こういう気分のときは掃除をするに限る。部屋の中が綺麗になるとすっきりするのだから。

だが、自分の持ち物が入れてある場所は、先日片付けたばかりでなにもない。姉は元々物欲のあまりない人だから、服が何枚かある程度で片付け甲斐《がい》もない。

片付けが出来ないとなると余計に腹立たしく思えて、眉間に皺《しわ》を寄せて地団駄を踏む。

仕方がない、だったら拭き掃除をしよう、と思い立ち、母と姉に会わないように隣の部屋に抜けて裏口へ行き、桶《おけ》に水を汲んで戻る。

まずは両親の寝室だ。最近ずっと母が寝込んでいたので、あまり埃《ほこり》を立てるのはよくないと、隅々までしっかりとは出来ていなかったのだ。ここ数日風が強かったし、きっとあの戸棚の上とか土埃《つちぼこり》が溜《た》まっているに違いない。

雑巾をしっかり絞って戸棚の上を覗き込むと——ほら、あった。月香《げっか》はにんまりだ。

「……まあ、真っ黒！」

さっとひと拭きした雑巾がうっすら汚れたのを見て、ますますにんまりと笑う。

「こんなに汚していては駄目よね。すぐに綺麗にしなくちゃ」

うふふ、と笑いながら袖を捲《ま》くり、嬉々《きき》として戸棚の天板を拭き始める。

月香《げっか》は綺麗なものが好きだ。だから家の中が綺麗に片付いているのも好きなのだ。きちんと整理整頓されていて、新品の綺麗なものがあれば一番いいのだが、古くて傷んでいるものでも磨き上げてみすぼらしさが軽減していれば、取り敢えずは満足する。

だからこそ、気分が塞ぎ込んでいるときなどは、家中を無心で磨き上げることがなによりも心が落ち着くし、楽しくなってくる。綺麗になった部屋を見渡せば、それだけで嫌な気分を忘れることが出来た。

そんなこんなで今日も大掃除だ。

姉が母の櫛を譲ってくれないことも、青甄《せいしん》が結婚を申し込んできたことも、手を真っ黒にして薬草摘みなんかしなければいけないことも、腹立たしいそれらをみんなみんな部屋の汚れと共に拭き流してやる。

いつしか蓬のいい匂いが漂ってきていた。人が好《よ》い姉は、約束通りに蒸し餅を作ってくれているのだ。

そろそろ出来上がるかも知れない。その前に掃除を終わらせてしまおう——と手を動かしたときに、奥の方にあった布包みを叩《たた》き落《お》としてしまった。

「いけない……っ」

きっと母の物だ。さっと顔色を変えて屈《かが》み、念《ねん》の為、包みを開いてみる。壊れるようなものが入っていたら大変だ。

布の中身は綺麗な箱だった。男性というよりは女性的な印象の細工だったので、やはり母の物なのだ。

「中身は……？」

軽く揺すってみるとカタカタと音がするので、慎重に開けて見る。もしも壊れていたりしたら、さすがに謝らなければならない。それくらいの分別はある。

「——…簪、と……紙？」

中身は綺麗な細工の簪と、古く黄ばんで草臥《くたび》れた紙だった。

簪は三日月と花に鷺《さぎ》らしき鳥のいる意匠の見事な細工で、姉が持っている櫛と同じ図案であることからも、母の持ち物なのだとわかる。母がまだ『お嬢様』だった頃に持っていたものは、その名に因んで月と蘭の花を用いた図案のものが多かったと聞いたことがある。

父と一緒になり、実家から離れてしまったあと、入り用になったときに少しずつ金に換えていって、今はもうほとんど残っていないのだという。これが最後のひとつになるのではなかろうか。

(この簪、私にくれないかしら?)

姉には櫛をやったのだから、月香《げっか》にはこの簪をくれないものだろうか。母に似たこの美しい黒髪には、白翡翠《ひすい》を使っているこの簪はよく似合うに決まっている。

そのうち頼んでみよう、と思いながら、落とした衝撃でこの細工が壊れていないか、箱の中に欠片《かけら》が散ったりしていないかと確認する。なにもないところを見ると、まったくの無傷だったようだ。

安心して箱に戻しつつ、草臥れた紙を持ち上げる。

「……もしかして、父さんからの恋文とか?」

こんなところにしまってあったところを見ると、とても大切なものに違いない。

駆け落ちして一緒になったということくらいしか両親の馴れ初《そ》めは知らないので、

おおいに好奇心がくすぐられる。

そういった色恋の話題に興味が強い年頃の月香《げっか》は、なんだか楽しくなってきてしまって、折り畳まれたそれを開いてみる――が、簡単に読めるものではなかった。

読み書きをちゃんと習っておけばよかったか、と少々後悔する。こんな鄙《ひな》びた寒村ではたいして必要と思わなかったので、母が教えてくれるときに真面目に習わなかったのだ。

なにが書いてあるかなどと、持ち主である母に直接訊くわけにはいかない。あの生真面目な姉に読んでくれなどとも言えない。怒られるに決まっている。

けれど、偶然目にしたこの『母の秘密』はなんとなく知りたい。

少し悩んだ末に、月香《げっか》はその手紙をそっと懐に隠し、簪だけを戻した箱はもう一度包み直して元通りにしまっておくことにした。

残りの掃除を済ませて雑巾と桶を片付けて来ると、何事もなかったかのように母の許へ顔を出す。

「あら、やっと出て来た」

気づいた母はそう言って笑う。

「螢月《けいげつ》が蒸し餅を作ってくれたわよ。まだ温かいから、硬くなる前に食べてしまいなさい」

「うん」

頷きながら椅子に腰を下ろし、あたりを見回す。

「姉さんは？」

ついさっきまで笑い声が聞こえていた筈なのに、姉の姿がない。

「お餅半分持って、孫さんのところにお礼に行ったわよ」

「えーっ！」

思わず叫び、お茶を持って来てくれた母を睨む。

「私のお餅！」

「まだこんなにあるじゃない」

「でもひどい！」

怒って机を叩くと、母は呆れたように溜め息を零した。

「……もう。食い意地が張っているんだから」

その口振りに月香《げっか》はますます腹を立てる。

「姉さんは私に作ってくれるって言った！　父さんと母さんの分と、私の分！　それをなんで半分も持って行っちゃうの！」

ひどい、ともう一度叫ぶと、母は僅かに眉間に皺を寄せ、困っているというより苛立っているような表情で月香《げつか》を見つめる。

「母さんの分も食べていいから、もう我儘言うのはよしなさい。十五にもなって」

我儘なんかじゃない。姉が月香《げつか》の為に作ってくれると言っていたのだから、月香《げつか》が食べてなにが悪いというのだ。

約束を破った姉が悪いのだ、と腹が立ち、蒸し餅をガバッと両手で摑めるだけ摑む。

「月香《げつか》！」

行儀が悪いどころの問題ではない態度を示し、そのまま家を飛び出して行く後ろ姿に、母が大きく声をかけた。

「明玉姐《めいぎょくねえ》さんのところに行く！」

呼び止める声を無視して走り出す。

そのあとはもう振り返りもしなかった。すれ違った隣人から挨拶されるのも無視して、村の外へと走って行く。

はあ、と母が溜め息を零したところで、螢月《けいげつ》が戻って来た。

「どうしたの？」

戸口のところで疲れた表情をしている母へ、螢月《けいげつ》は首を傾げる。

「月香《げっか》が飛び出して行ったわ」

「ええ?」

「明玉《めいぎょく》さんのところに行くって」

告げられた名前に蛍月《けいげつ》は顔を顰《しか》めて「またなの?」と呆れた。

明玉《めいぎょく》というのは元々はこの村にいた女性なのだが、数年前に家族の為に妓楼《ぎろう》に買われて行き、今は麓の街に在る大きな妓楼で、美しい歌声が評判の妓女《ぎじょ》として名を馳《は》せている。

その明玉《めいぎょく》に、月香《げっか》は小さいときからとても懐いている。今でも月に一度は会いに行っているくらいだ。

妓楼に頻繁に出入りするなど、店主にも煙たがられそうなところだが、向こうは向こうで月香《げっか》の美貌に目をつけているようで、言葉巧みに勧誘している様子だ。

もちろん父がそんなことを許すわけもなく、一度妓楼の主人と大きな喧嘩をしたくらいなのだが、美しいものが大好きな月香《げっか》が妓女の華やかな様子に心惹《ひ》かれていたこともあり、十八になったときに本人に選ばせるという約束事があったりもする。

そんな世界に行かせたくない両親は、だからこそ青甎《せいしん》からの縁談に乗り気なのだ。結婚して家庭を持ってしまえば、妓楼の申し出など蹴ってしまえるだろう。

感情的に飛び出して行ったわりには行き先を告げていったので、一応は安心しておく。

いつものように、一日か二日経てば怒りも治まって、何事もなかったかのように帰って来るに違いない。

苦笑して頷き合い、夕飯の粥を炊く為に米櫃《こめびつ》を開けた。

村から麓の街までは、月香《げっか》の足でも半刻《はんとき》もあれば辿り着く。

苛立ちを込めて蒸し餅をむっしゃむっしゃと噛み締めながら山道を下った月香《げっか》は、陽がとっぷりと暮れてしまう前に妓楼『華宵楼《かしょうろう》』の裏口へと立っていた。

「ごめんください」

夜の営業時間まではほんの僅かな時間がある筈だ。声をかけても問題あるまい。

宴会料理の仕込みに忙しそうな料理女の一人が月香《げっか》に気づき、あら、と声を上げた。

「よかったわね。今夜は明玉《めいぎょく》姐さんお呼びがかかってないのよ」

自分の部屋にいるだろう、と言われ、ついでに夕食を運んで行くように頼まれる。

了承して膳を受け取り、明玉《めいぎょく》の部屋を目指した。

歌の上手として有名で人気があるとはいっても、まだまだ新入りに近い地位で身体は売らない契約の明玉《めいぎょく》の部屋は、他の売れっ子妓女達に比べればかなり小ぢんまりとしている。しかも相部屋だ。

戸を叩いて中を覗《のぞ》くと、明玉《めいぎょく》はいつも高く結い上げている髪を下ろし、窓辺で歌を口遊《くちずさ》んでいるところだった。

「あら、いらっしゃい」

やって来た月香《げっか》の姿を認めた明玉《めいぎょく》はふんわりと笑う。

「変な時間に来たのね。どうしたの?」

「そうなの! 聞いてくれる⁉」

握り拳を作って座り込み、明玉《めいぎょく》が食事をしている間、今日あった腹立たしい出来事の数々を語り始める。明玉《めいぎょく》はゆっくりと咀嚼《そしゃく》しながら、興奮気味に捲《まく》し立《た》てられる月香《げっか》の話に相槌《あいづち》を打ち、静かに一通りの話を聞いてやった。

一心不乱というべきか、とにかく一気に語り尽くした月香《げっか》にお茶を差し出してやりながら、ふむふむ、と明玉《めいぎょく》は頷いた。

「月香《げっか》は蒸し餅が好きだものねぇ。怒りたくもなるわよね」

「そうよ！ しかも蓬入りだったんだから！」

お茶を飲み干して憤慨する月香《げっか》に、でも、と明玉《めいぎょく》は静かに言った。

「螢月《けいげつ》が孫さんのところにお餅を持って行ったのも、仕方がないことだと思うわよ」

「なんで⁉」

「だって、お野菜とお米もたくさん頂いたのでしょう？ お礼はきちんとしなくちゃ」

「でもこの前、夕鈴《ゆうりん》がお腹壊したときに、うちからお薬あげたんだもの。負い目はないわ」

あのときの代金は貰っていなかった筈だ。いくら村長の可愛がっている末娘の危機だったからといって、対価もなしにそんなことをしていては舐《な》められるに決まっている。

父は変なところで人が好いから困るのだ。いつかきっと狡《ずる》賢い人に騙《だま》されて、家族全員が困ったことになるに違いない。

「それでもね、そういうことはきちんとしておかなきゃならないのよ。ああいう小さな村の中のことだから、一度変な目で見られたら、ずぅっとついて回るんだから」

嚙《か》んで含めるような口調で、明玉《めいぎょく》は丁寧に諭した。

それでも納得出来ない月香《げっか》は、むうっと唇を尖らせて膨れっ面になる。

「特にあなたの家は、新参者だから……。余計に気を遣っているのでしょう」

ああいう閉鎖的な環境では、よそ者は得てして嫌われる。それを上手く切り抜けてやっていかないと、すぐに生活が立ち行かなくなる。そういう場所なのだ。

そんなことくらいはさすがの月香《げっか》でもなんとなくわかるが、でもそれは月香《げっか》が望んだ環境ではないし、そんなくだらないことをこちらにまで押しつけないで欲しい。

むくれ顔が直らない様子に苦笑しながら、明玉《めいぎょく》は食べ終わった膳を部屋の外へ出した。

「そういえば姐さん、今日はなんでお休みなの？」

楽の音が聞こえ始めていることに気づき、月香《げっか》は首を傾げる。いつもはその美しい歌声で宴《うたげ》に華を添えている筈だ。

「五日ほど前から風邪をひいていたのよ」

その答えに、えっ、と月香《げっか》は驚く。

体調が悪いところに押しかけるなんてさすがに申し訳ない。料理女がなにも言っていなかったからわからなかった。

思わずしゅんとすると、いいのよ、と明玉《めいぎょく》は笑う。

「喉の調子が治らないから歌えないっていうだけで、熱もとっくに下がっているの。気分も悪くないし」

早くよくなるようにと薬湯も飲んでいるし、あと二、三日ほどでまた復帰出来る筈だ。

「芸妓《げいぎ》失格よね。床入りはしないい代わりに芸で売っているっていうのに、その商売道具を駄目にしてしまうんだもの」

店主は何日も休んでいる明玉《めいぎょく》を責めない。それどころか、本調子になるまで静養しろ、と有難《ありがた》いことを言ってくれている。そう言わせる程度に普段からしっかり稼いで、妓楼に貢献しているからだ。それでも周囲の仲間達のことを考えれば、やはり心苦しい。

ふう、と溜め息を零して喉許に触れる。その仕種《しぐさ》に、月香《げっか》は妓女にもいろいろあるのだと感じ取った。

月香《げっか》も同じように溜め息を零し、僅かに身動《みじろ》ぐと、胸許で小さく乾いた音が鳴った。

「――…あ、そうだ」

思い出して懐を開き、母の部屋から持ち出していた手紙を差し出す。

「姐さん、字は読める？」

「一応読めるわよ。お客様とやり取りしなくちゃならないときもありますからね」

「じゃあ、これ読んでくれる？」

「なぁに？」

受け取りながら首を傾げ、明玉《めいぎょく》は笑う。

「母さんのものだと思うんだけど……もしかしたら、恋文じゃないかなって」

「あら！」

明玉《めいぎょく》は瞳をきらりとさせるが、ほんの少しだけ躊躇《ためら》いを見せる。

「でもぉ……それはやっぱり、失礼じゃないかなって部分もないかしら？」

勝手に人の手紙を読むこともどうかと思うが、しかもそれが愛の言葉の綴《つづ》られた甘い甘い手紙だったりしたら——自分だったら恥ずかしくて泣きたくなる、と明玉《めいぎょく》は首を振る。

けれど、手紙をちらちらと横目に見ているので、興味はあるのだ。

もうひと押しだわ、と月香《げっか》は身を乗り出す。

「そりゃあね、自分の親の甘ったるい愛の告白なんて恥ずかしくて堪《たま》らないけれど、大事に大事にしまっているくらいなのだから……ね、内容が気になると思わない？」

明玉《めいぎょく》はちらりと手紙に視線を落とす。月香《げっか》は「そう思うでしょう」と更に押した。

あの無口寡黙で、時折置き物かなにかではないかとさえ思えるような父が、いったいどんなことを母に宛てて書いたというのだろうか。それがとても気になる。

色恋沙汰の話題は、年頃の明玉《めいぎょく》もやはり気になるようで、しばらく躊躇ったあと、咳払《せきばら》いをして紙を開いた。

「ちょっとだけね」

「うん」

「ほんのり気が咎《とが》めるから、少しだけね」

「うんうん」

大きく頷くと、明玉《めいぎょく》はもう一度小さく咳払いをして、文面に目を落とした。

「蘭々《らんらん》――月蘭《げつらん》さんのことよね」

「たぶんそうね」

「蘭々《らんらん》、冬の気配が――」

蘭々《らんらん》

冬の気配が濃くなってきたが、きみは健勝でいることだろうか。

行軍は順調だが、野営はさすがに寒くなってきた。油断すると風邪をひきそうだ。

お腹の子はどうだろう。
きみも子も、この寒さに震えてはいないだろうか。
健やかに生まれて来てくれることだけを唯々《ただただ》祈る。
少し気が早いと笑われそうだが、名前を考えた。
腹の子が息子だったら、慣例通り『鴛』の字を与えたい。
きみの名から一字取って、月鴛《げつえん》などどうだろうか。
我等二人の子らしくてよかろう。
娘だったら、思い出のあの樹に肖《あやか》った名をつけようと思う。
萌梅《ほうばい》。あの薫り高い薄緑の梅花のように、美しい名ではなかろうか。

嗚呼《ああ》、蘭々《らんらん》。
早く戻ってきみを抱き締めたい。
きみの傍にいつも侍《はべ》っている守月《しゅげつ》が羨ましい。
憎らしくさえあるよ。
こんな狭量なわたしを許しておくれ。

鴛祈《えんき》

最後までしっかりと読み終わってしまい、二人は思わず黙り込む。

文末に記されていた名は父のものではなかったし、それどころか、文中にあった『憎らしい男』こそが父の名だった。

「これ——……」

どういうことか、と悩み始めると、明玉《めいぎょく》が口を開いた。

「読んではいけないものだったのじゃないかしら、と思うの。今更だけど」

困惑気に零された言葉に対し、月香《げっか》は返答に困った。

予想していたものとは全然違っていて、戸惑いを隠せないのは事実で、そんなものを暴いてしまったことに対する後ろめたさと恐ろしさがあるのも事実だ。

（それに、父さんと母さんは駆け落ちしたんだって聞いてたのに……）

この手紙の内容とかなり違うのではなかろうか。

文面から推し測るに、蘭々《らんらん》こと月香《げっか》の母である月蘭《げつらん》は、この鴛祈《えんき》という名の手紙の主と一緒になる約束をしていて、お腹にその人との子供までいたことになる。

けれど、月鴛《げつえん》という名の兄も、萌梅《ほうばい》という名の姉も、月香《げっか》達にはいない。

ハッとして、ぽんと手を打つ。

「里子に出したんだわ！」

「ええ？」

突然の発言に明玉《めいぎょく》が目を瞠る。

「だって家にはこんな名前の兄さん姉さんはいないし。だとしたら、戦場に行っていたみたいだし、鴛祈《えんき》という人に死なれた母さんは、女手ひとつでは育てられないから、泣く泣く里子に出したのよ。それで父さんと一緒になったのだわ。でも、父さんのことが気に入らなかった実家の人達に反対されて、駆け落ちすることになったのよ」

これならほぼ辻褄《つじつま》が合うだろう、と笑うが、明玉《めいぎょく》が首を傾げる。

「でも月香《げっか》。この字の雰囲気を見る限り、この人はきっといいお家《うち》の出の筈よ。そんなお家に嫁がれていたのなら、女手ひとつで育てられずってことはないと思うのだけど」

「え？　字なんかで家のことがわかるものなの？」

まさかそんなわけがあるものか、と月香《げっか》は驚いた。その疑わしげな目つきに明玉《めいぎょく》は肩を軽く竦《すく》める。

「なんとなくだけどね。この字や文章は、何処となく育ちのよさを感じるわ。あと若さね。これを書いた頃は二十歳前後ぐらいだったんじゃないかしら」

「じゃあ……」

どういうことだ、と言いかけたところでハッと気づいてしまい、言葉にするのをやめる。

「螢月《けいげつ》が、この萌梅《ほうばい》になる筈だったんじゃないかしら」

月香《げっか》の躊躇った言葉を明玉《めいぎょく》がはっきりと口にする。

思わずぎょっとした。心臓が変な鼓動を打つ。

確かに姉は、母には少しだけ似ているが、父にはまったく似ていない。

月香《げっか》は全体的に母似ではあるが、父にも似ている。唇の肉が薄いところや、色の薄い変わった瞳の色などは特にそっくりだろう。

そういったところを考えると、確かに姉は父以外の男の子供かも知れない——などというひどい結論に至る。

信じ難《がた》い月香《げっか》は、まさか、と首を振った。

「いくらなんでも……それは、ないんじゃないかしら」

「わからないじゃない」

否定したい月香《げっか》の言葉をぴしゃりと下し、明玉《めいぎょく》はもう一度手紙に目を向ける。その瞳は好奇心でいっぱいに輝いているように見えた。

「この鴛祈《えんき》って人が亡くなって、月香《げっか》のご両親が一緒になったっていうのは当たりだと思うの。でも、やっぱり、螢月《けいげつ》はこの鴛祈《えんき》って人の子供だと思うわ」

「どうしてそう言い切るのよ」

「だって螢月《けいげつ》はうちの村で生まれたから」

尤もらしく言われた言葉に、月香《げっか》は鼻の頭に皺を寄せる。

「だからなんだって言うの？」

そんなものは根拠になりはしない、と否定しようとするが、明玉《めいぎょく》は面白そうに目を細める。

「なんだってって、月蘭《げつらん》さんって確か今年三十五でしょう？　螢月《けいげつ》が十八になったんだから、生まれたときはまだ十六、七くらいだったのよ。その前にもう一人子供がいたとしたら、今のあなたより下のときに産んだことになるわよ？」

少し無理があるのではなかろうか、と言われ、頭の中で素早く数を合わせてみる。

赤ん坊は母親のお腹の中で十月を過ごすことは、まだ幼さのある月香《げっか》でも知っている。あの母の性格的に、子供を産んですぐに別の男と子供を作るとは思えないし、そうなると、最低でも一年以上は父と男女の関係には至らなかっただろうと思われる。

計算が合わなくなる。明玉《めいぎょく》の言っていることが正しく感じられた。

（姉さんが、父さんの子供じゃない……？）

まさか、とまだ信じられない思いがありつつも、もしや、と感じる部分もあった。

父の態度の違いだ。

寡黙な父は、娘達に対して褒めたり叱ったりすることはほとんどないが、螢月《けいげつ》に対してよりは月香《げっか》に対して厳しいところがある。珍しく怒って手をあげたりするのも、月香《げっか》に対してだけだ。

もしかすると、自分の本当の子供ではないから、叱ることなどに躊躇《ちゅうちょ》したりしているのだろうか。

姉には別の父親がいる――その考えに至った瞬間、鋭い衝撃が背筋を駆け抜けた。

「明玉《めいぎょく》姐さん」

とんでもないものを読んでしまったわ、と手紙を畳み直している明玉《めいぎょく》に、月香《げっか》は低く声をかける。

「その鴛祈《えんき》という人が、いいお家の人かも知れないって、本当？」

気味の悪いものがざわりと肌を撫でていくような感情の込められた声音に、明玉《めいぎょく》は思わず身震いしつつ「ええ」と頷いた。

「字ってね、結構人柄というか、育った環境が出るものなのよ。この手紙の字は身分が高そうな雰囲気がするし、慣例に従って名に一字を当てるっていうのも、いいお家ではまあることだしね」

言ってから、確実ではないけれど、と一応の断りを入れる。

月香《げっか》は静かに頷き、手紙を受け取った。

(いいお家の人……身分の高いお家……)

草臥れた料紙《かみ》を見つめながら、月香《げっか》は唇を噛む。

「でも、螢月《けいげつ》って名前をつけた時点で、その手紙の人とは関係なく、守月《しゅげつ》さんの子供として育てることにしたんじゃない?」

確証はなにもない。この手紙の文面から、月香《げっか》と明玉《めいぎょく》が想像を働かせて勝手に妄想しただけだ。

「……月香《げっか》、聞いてる?　この話はもうおしまいにしなさいよ。手紙は気づかれないように戻してさ」

けれど、もしもその通りだったらどうだろうか。螢月《けいげつ》は身分の高い家の娘ということになる。

(私じゃなくて、姉さんが……)

適齢期のいい年頃だというのに、服装や髪形にも構わず、いつもばたばたと忙しそうに家のことをしている姉の姿を思い出し、理不尽に腹が立ってきた。

土にまみれて薬草を摘みながら、畑を耕しながら、溜め息をつきつつ気に入りの服に接ぎを当てながら、何度夢想したことだろうか——自分は本当は両親の子ではなく、拾われっ子で、本当はお金持ちの家の娘なのだと。

本当はこんな鄙びた村で手に傷や皹《あかぎれ》を作りながら襤褸《ぼろ》を纏う生活ではなく、綺麗な服を着て召使いに傅《かしず》かれて、美味《おい》しいものを食べながら穏やかに暮らしている筈なのだと。

「姉さんばっかり、狡い」

ぽつんと呟いた声は、外から聞こえる楽しげな笑い声に掻《か》き消《け》され、明玉《めいぎょく》には聞こえていなかった。

母からはいつも「螢月《けいげつ》がいてくれて助かるわ」と優しく頼られ、父には叱られたこともなく、月香《げっか》はやらせてもらえない薬作りを手伝わせてもらえている。両親二人から愛されているのだ。

それだけ月香《げっか》よりも優遇されているというのに、もしも本当は貴族の子供なのだとしたら——

「姉さんばっかり、狡いわ」

三　怪我人

粥が炊き上がったので手早く器に移し、山菜炒めと一緒に籠に入れる。

「じゃあ、行ってきます。片付けは帰ったらやるし、食べたらそのままにしておいていいからね」

「もうすぐに暗くなるから、帰り道は気をつけるのよ」

「わかってます」

笑って頷きながら籠を抱え、ちゃんと手燭《てしょく》も持った。

夕暮れで茜《あかね》に染まる外に出てみると、他の家々からも煮炊きの匂いが感じられて、その優しい空気にホッとした。一日の終わるこの時間は穏やかで好きだ。

夕飯が始まる前に、と急いで我が家へ駆け戻る子供達とすれ違いながら、螢月《けいげつ》は細く煙の上がっている父の炭焼き小屋を目指す。

暮れてきた森の中は更に一層暗く、慣れない者だと危ないだろうが、通い慣れた螢《けい》月《げつ》は脇目も振らずにひたすらまっすぐ道になっていない道を進んで行く。急がないと粥が糊《のり》になってしまうのだから当たり前だ。

(父さんが食べている間に甘草《かんぞう》の様子を見て、蓬も返さなきゃいけないし……)

木立ちの間を見え隠れする夕日を視界の端に感じながら、小屋に着いてからやるべきことを順番づけていく。火の番をしながらの生薬の乾燥作業は手間だ。あまり父に負担をかけないよう、螢月《けいげつ》がやれることはやっておくべきなのである。

(もうすぐに暗くなるから、掃除は明日にして。……あ、昼に干しておいた布団、入れておいてくれたかしら？)

こんな夕方まで干していたら、陽射しでせっかくふっくらした布団がしんなりと冷たくなってしまっている筈だ。干してあることに気づいて陽があるうちに取り込んでおいてくれればいいのだが、と考えていると、何処からか馬の嘶《いなな》きが聞こえた。

村からは少々離れてしまったので、家畜の声がこんなにはっきり聞こえるほどの距離ではない。

逸《はぐ》れ馬だろうか、と思って辺りを見回すと、思ったよりも近い場所に一頭の馬の姿があるではないか。

「どうしたの、お前」

離れたところから見てもとても立派な馬だとわかる。載せている馬具も上等そうだ。

ここらは猪《いのしし》と雉《きじ》がよく獲《と》れるので、周囲に屋敷を構える貴人のみならず、数日の距離の都からも狩りにやって来ることが多い。食料の為ではなく、遊びの為の狩りだ。そのうちの誰かが落馬でもしたのだろう。全体的になだらかな山であるが、ところどころに傾斜が強い場所や隠れたような穴があるので、よくあることなのだ。

取り敢えず手当てくらいしてやるか、と螢月《けいげつ》は馬に近づいてみる。落ち着かなさ気にしきりに首を振る馬の足許に、布地が見えた。

その先を辿《たど》ってみると、若い男が倒れている。案の定だ。

この馬は恐らく、自分の主人であるこの男を守っていたのだろう。賢い子だと感心しつつ、倒れている男の顔を覗き込んだ。

「大丈夫ですか？」

声をかけると男は僅かに呻《うめ》き声を上げる。生きてはいるようだ。

「落ちたんですか？　頭は打っていませんか？」

抱えていた籠を下ろして男の傍らに屈み、そっと頰に触れてみる。男の瞼《まぶた》が微かに揺れた。

そこで螢月《けいげつ》はハッとする。これは狩りの最中の落馬ではない。

彼の腹には大きな斬り傷があって、腕には折れた矢が刺さっている。

（誰かに襲われたんだわ）

それを悟った螢月《けいげつ》は素早く身を屈め、周囲を注意深く見渡す。

変わった気配がないことを確認すると、待っていて、と馬に言い置き、父の許へ急いだ。螢月《けいげつ》一人の力では、この体格の成人男性は運べない。

「父さん！」

炭窯の前に座っていた父を呼ぼうと、彼はいつも通りにゆっくりと振り返るが、娘の切迫した様子にすぐに腰を上げてくれた。

「なにがあった」

「怪我をしている人がいるの。でも、獣に襲われたんじゃなくて、誰か人間に襲われたみたいで」

素早く状況を伝えると、頷いた父は小屋の方へ行き、すぐに短刀と弓を担いで戻って来た。

こっち、と父の手を引き、螢月《けいげつ》は先程の場所まで駆け戻る。

指示した通りに大人しく待っていたらしい馬は、螢月《けいげつ》が走って来る姿を見つけて耳をピンと立たせ、興奮気味に鼻を鳴らした。

「この人よ」

馬が守るように立っている足許に屈み、先程の男を示す。周囲を警戒していた父は頷き、同じように屈んで男の様子を見た。

そのとき、父の顔が僅かに険しくなる。

「……死んでしまう？」

父の様子から、男の傷が助からないほどの深手だったのでは、と思った螢月《けいげつ》は、不安そうに尋ねた。

その声にハッとしたような父は、いいや、と小さく首を振り、弓を螢月《けいげつ》に持たせる。

「取り敢えず小屋に運ぼう。こう暗くては傷もよく見えない」

手探りで傷口のまわりに触れてみて、出血が一応は止まっていることを確認すると、男の羽織りを剝ぎ取って身体に巻きつけ、腰帯できつく縛った。念の為の止血だ。

「周囲を警戒しながらついて来い」

男の身体を慎重に担ぎ上げ、父は言う。螢月《けいげつ》は頷き、矢箱から二本引き抜いて番《つが》えながら、父の後ろについた。

意識を失っているらしい男は静かに父の肩に担がれていて、その父に害意がないことを悟ったのか、馬も静かにあとをついて来る。手綱を引かずとも自発的にしていることから、こちらの言っていることや意図していることをかなり正確に理解しているようだ。やはりとても賢い。

小屋に戻ると、湯の用意をするように言われる。螢月《けいげつ》はすぐに水を汲みに行き、火にかける間に裂傷と止血に効く薬材を用意する。こういうとき、薬作りをしている家は便利だと思う。

必要だと思われるものを用意して戻ると、父が男から衣服を剝ぎ取っているところだった。

「傷は深い？」

「いや、そうでもない。縫わずともよさそうだ」

太刀筋を上手く躱したのだろう、と父は感心したように呟き、絞った手巾《てぬぐい》でまわりの汚れを拭き取る。出血は止まっているとはいえ、まだ血の乾いていない傷口は生々しく、螢月《けいげつ》は思わず顔を顰めた。

「胴鎧《どうよろい》も着けていれば、もっと浅手で済んだだろうに」

手甲と脚甲は着けているが、胴体を守るものは身に着けていない。遊びで狩りに来る貴族のお坊ちゃま達によくある服装なので、彼もそういった目的で山に入ったのだろう。

剝ぎ取られた服に触れてみれば、質素な見た目ではあるがかなり手触りがいい生地なので、やはりいい家の子息なのだろうと思われる。それが派手に切れて血に汚れてしまっているので、明日洗って繕っておいてやろうと決めた。それぐらいなら窯の様子を見ながら出来る作業だ。

「毒もなさそうだな」

傷口の爛れ具合を慎重に確認してから、消毒の為に湯が沸いているか振り返る。まだ《ただ》もう少しかかりそうだったので、他の傷口の様子も確かめてみることにする。

手の甲や頬などにある擦過傷は、落馬したときにでもついたものだろう。あとで汚れを拭って綺麗にしておいてやれば、数日で綺麗になる筈だ。痕が残るほどでもない。

問題は、二の腕に突き刺さったままの折れた矢だ。

「螢月《けいげつ》、ちょっと押さえていてくれ」

気を失っているが、痛みに覚醒する可能性もある。暴れられては更に傷が増えそうだし、そうならないようにしなくては。

頷いた螢月《けいげつ》は気絶している男に小さく断りを入れてから、父に指示された場所を摑んで押さえる。男が微かに動いたが、まだ意識は戻らないようだ。

父が矢を摑んだのを見て、埋まった鏃《やじり》が肉の内を傷つけることがないよう祈った。

瞬きの間に一気に矢が引き抜かれる。

「――…うあ、ぐっ！」

男が一瞬声を上げて両目を見開いたが、そのますぐにことりと頭を落とした。暴れられることがなくてよかった。怪我をしているとはいっても成人男性相手に、いくら力がある方だといっても、女の螢月《けいげつ》が抵抗出来るとは思えなかった。

ホッとしつつ手を離すと、父が「これは」と小さく呟く。

「毒矢だ」

血の匂いに混じって薬の匂いがする、と父は呟く。

螢月《けいげつ》はハッとして男へ振り返る。どれくらいの間ここに突き刺さっていたのだろうか。想像しているよりも長い時間だったとしたら、もう身体中に回っているかも知れない。

父は腰帯を解いて手早く傷口のまわりを縛ると、検分するようにその腫れている部分を睨みつけ、傷口のまわりをぐっと押した。膿《う》み始めているのか、どす黒くどろりとした血が出てきたので、螢月《けいげつ》は慌てて布を当てて吸わせた。

「吸い出す？　私がやるよ」

「いや、そこまでは大丈夫だろう。こういう立場の人間は、大概が毒殺への耐性をつけている筈だ」

なんの毒かわからなければ解毒のしようもないだろう、と呟きつつも、鏃を見て毒の種類を判別しようとしている。

「それに、吸い出すなら俺がやる。お前よりは耐性があるからな」

確かにその通りだろう。昔から父に言われていることだ。

素直に納得して頷き、治療の為に沸いた湯を運んで来た。

そこまで用意して、父がすっかり夕飯を食べ逃していることに気づいた。螢月《けいげつ》は慌てて籠を持って来る。

「父さん、夕飯食べてしまって。随分冷めちゃったけど」

「…………」

「傷口拭いて、薬塗って、綺麗な布を巻くんでしょう？　出来るわ」

何度かこうして落馬した都人を助けたことがある。横柄な人達ばかりで、礼のひとつも言ってくれたことはなかったが。

慣れているのよ、と微笑めば、父は小さく頷き、籠の中から器を取り出した。

怪我をしていた男が目を覚ましたのは、翌日の昼頃、どうせ朝は食べていないと思って多めに用意した昼食を、螢月《けいげつ》が届けに来たときだった。

水を足して火に掛ければいいようにして持って来た鍋を竈《かまど》に置いて振り返ると、作業場にもなっている板間に寝かせておいた男が目を開けてこちらを見ているではないか。螢月《けいげつ》はパッと笑みを浮かべた。

「目が覚めたんですね。大丈夫ですか？」

駆け寄って確認すると、男はゆっくりと瞬《またた》いた。

「――……其方《そなた》は……？」

「私は螢月《けいげつ》といいます。あなたは山の中で怪我をして倒れていたんですよ」

覚えていますか、と尋ねると、男は少し考えたあとで微かに頷く。

「お腹空いていませんか？　怪我を治す為にも、食べられそうなら食べた方がいいと思うんです。汁物ならもう少しで用意出来るんですけど、お粥の方がいいですか？」

「いや……なんでもいい」

「そうですか。煮えるの少し待っていてくださいね」

辺りのものを手早く片付けて食卓の用意をしながら、男の額から落ちていた手巾《てぬぐい》に気づいて拾い上げる。すると、その手を摑まれた。

螢月《けいげつ》は突然のことに驚いて表情を強張《こわば》らせるが、すぐに安心させるように笑みを向けた。

「熱は下がりましたか？　念の為、もう少し冷やしておきましょう」

だから離してくれないか、と掴まれた手を軽く振ると、更に力を込められる。

「其方は、何者だ？」

その問いかけに螢月《けいげつ》は僅かに首を傾げる。

「螢月《けいげつ》です」

つい今し方名乗ったばかりなのに、と思いながらもう一度告げると、違う、と首を振られる。

「ここは何処だ？」

そこまで言われて、男の問いかけの意味に思い至った。

「ここは杷倫山《はりんさん》の中腹のあたりにありまして、杷蘇村《はそむら》の傍の炭焼き小屋です」

しっかり地名を挙げて説明すると、男は口の中で小さく地名を繰り返しながらようやく手を離してくれ、それから少し考えるような表情になる。

なにか気にかかることでもあるのだろうか、と首を傾げていると、鍋が匂ってきた。搔き混ぜなければ焦げついてしまう。

話の途中で悪いな、と思いつつも竈の方へ行って鍋を覗き込んでいると、窯の番をしていた父が戻って来た。

「父さん。あの人、目を覚ましたのよ」

螢月《けいげつ》の報告に父は頷き、考え込むようにゆっくりと瞬いている男を見つめる。その視線に気づいた男は警戒したのか、慌てて起き上がろうとする。

「もう、父さん！　目つきが恐《こわ》いんだから、無言で見つめないであげて」

怪我人《けがにん》に無理をさせてはいけない。急いで戻った螢月《けいげつ》は、男の肩を優しく押し、布団の上に戻した。

「私の父です。別に怒っているわけではないので、落ち着いてください」

静かに説明すると男は僅かに頷いたが、もう一度起き上がる。今度は無理矢理に勢いをつけてではなかったので、螢月《けいげつ》は背中を支えるように手を貸してやった。

男はきちんと座り直し、言葉を選ぶように唇を舐めてから手をついた。

「このような素性の知れぬ者をお助け頂き、感謝致します」

丁寧に頭を下げられるので、螢月《けいげつ》も父も驚いてしまう。

今までに何度かこうして山中で怪我をしていた貴人を助けてきたが、その誰もが横柄で、礼の言葉など言ってくれたことはなかった。それどころか、螢月《けいげつ》がまだ若い娘だとみるや、いかがわしいことをしようとするような失礼極まりない輩《やから》ばかりだった。

悪い人ではなさそうだ、と螢月《けいげつ》はこの男に対して好感を抱いた。

父は静かに目を伏せ、男の前へと腰を下ろした。

「お前の馬……」

男は静かに顔を上げる。

「怪我はない。外で水を飲んでいるところだ」

「ああ、旺《おう》……無事か」

ホッとしたように笑い、もう一度頭を下げて「重ね重ねご厚情痛み入る」と言った。

そこでハッとしたように顔を上げる。

「まだ名乗っておらなんだ。礼を失した」

言われ、そういえば聞いていなかったな、と螢月《けいげつ》は頷いた。

「隆《りゅう》――いえ、鴛翔《えんしょう》とお呼びください」

そう名乗って、男――鴛翔《えんしょう》は穏やかな笑みを浮かべる。人柄の好さを感じさせる笑みだ。

頷いた父も「守月《しゅげつ》」と名乗り、ここでようやくお互いの名前を知ることとなった。

丁度よく出来上がった野菜たっぷりの汁物をよそい、炊いた押し麦を入れて昼食とする。

鴛翔《えんしょう》は器を持つ為に手を動かすと傷が痛んでつらそうだったが、文句ひとつ言わずに綺麗に食べてくれている。料理にはまあまあ自信はある方だったので、味に満足してくれたなら嬉しい、と螢月《けいげつ》は思った。

「お野菜がいっぱいでしょう」

相変わらず無言で食べている父に話を振ると、微かに頷き返される。

「昨日ね、孫《そん》さんのところから頂いたの。夕鈴《ゆうりん》が回復したからって」

「そうか」

「父さんの薬のお陰ね」

よかったわ、と同意を求めると小さく頷くが、それっきり黙り込んで野菜汁を掻《か》き込んでいる。

父の言葉が少ないのはいつものことだが、あまりにも沈黙していると、鴛翔《えんしょう》に気を遣わせてしまわないだろうか、と少し不安になる。ちらりと様子を窺《うかが》って見ると、痛みを堪えて食事をしているようなので、他のことには気が向いていなさそうだった。

取り敢えずはよかった、と安心しつつ、父の代わりに窯の番へ向かうことにした。

「じゃあ、父さんはご飯食べたら休憩しててね。窯は私がやっておくから」

徹夜の父に軽く仮眠を取らせるのだ。窯に火を入れているときはいつもそうして、交代で火の番をしている。

喋っていた螢月《けいげつ》が出て行くと、二人が汁を啜《すす》る音だけが静かに響く。

少しして鴛翔《えんしょう》が食べ終わった様子を見止め、守月《しゅげつ》は手を差し出した。二杯目をよそってやってくれ、と螢月《けいげつ》が言い置いて行ったからだ。

鴛翔《えんしょう》は礼を言いながら器を差し出し、また傷が痛んだらしく少し顔を顰めた。

「十日は置いてやる」

汁を満たした器を返されながら告げられた言葉に、鴛翔《えんしょう》は首を傾げた。

「さすがにその傷だ、すぐに出て行けとは言わん。毒も抜けきっていないだろうし、俺が炭を焼く間だけ、ここに置いてやる」

そう言ってくる目つきが底冷えするように殺気立っているのを感じて、鴛翔《えんしょう》は思わず眉を寄せた。

彼等親子とは初めて会った筈だ。こんなにもはっきりとした敵意を向けられるような覚えはない。

けれど、目の前の男から発せられるのは、鴛翔《えんしょう》を快く思っていないという強い意志だ。山中から拾って来てやっただけでも有難く思え、と言わんばかりの雰囲気だった。

何故、と思わず口をつきそうになるが、それは喉の奥に留めおくことにした。

きっと彼はなんらかの理由でよそ者を嫌っていて、心優しい娘の手前、仕方なく助けてくれただけのことなのだろう。

「わかりました。今しばらく世話をかけます」

十日も療養すれば、移動するのに問題ない程度には怪我も癒えている筈だ。提示された期間に感謝することにした。

了承して下げられた頭に向かい、守月《しゅげつ》は吐き捨てるように呟く。

「蔡《さい》家の人間などと、関わり合いたくもない」

思わず零れたのだろうそのひとことで、鴛翔《えんしょう》は守月《しゅげつ》が元は都人であっただろうことを推察する。そうでもなければ、名前以外の素性を明かしてもいない鴛翔《えんしょう》が蔡家に所縁ある者だとは気づくまい。

よそ者を嫌っているのではなく、鴛翔《えんしょう》が蔡家の人間だと知って鬱陶しく思っているのだ。

彼の過去にいったいなにがあったのかなど知らない。ここで訊くつもりもない。あの吐き捨てるような口振りから想像するに、きっと楽しい話ではない筈だ。

だから鴛翔《えんしょう》は、その言葉は聞かなかったことにして、しばらく置いてくれることに対する感謝だけを述べ、まだ温かい野菜汁を黙って掻き込んだ。

その頃——月香《げっか》はこっそりと家に戻っていた。

炭焼きをしている間は、昼は留守になることが多い。夜通し火の番をしている父に仮眠を取らせる為、姉はそちらへ手伝いに行っているからだ。

昼食を終えた頃なら、母も村の共同の機織り小屋に行っている筈だ。体調を崩して寝込んでいたので、遅れを取り戻す為に日暮れまで帰っては来るまい。

念の為に外から留守かどうかをしっかりと確認し、勝手知ったる我が家へと忍び込む。そのまま素早く両親の寝室へと滑り込んだ。

昨日見つけた箱の包みを見ると、月香《げっか》が戻したときと変わらない位置にある。中の手紙を持ち出したことは気づかれていないようだ。

もう一度箱を開け、しまわれていた簪を取り出す。何度見ても美しい細工のそれを手巾《てぬぐい》に包み、懐へしまい込む。

そうしてまた箱を包み直して元の場所へ置き、今度は姉と自分の部屋へと向かった。

「旅支度って、なにがいるのかしら？」

泊まりがけの遠出どころか、麓の街以外で村から出たこともほとんどない月香《げっか》は、何日もかかる旅程になにが必要なのかまったくわからない。

取り敢えず、替えの下着と冷えたとき用の羽織り物を持ち、しまってあった晴れ着を引っ張り出す。挨拶に伺うならきちんとした身形《みなり》にしなければならないだろうし、路銀が足りなくなった場合はこれを売ればいい。

小物入れからは貯《た》めてあった僅かばかりの金子を出した。自分の持っている分だけでは足りないだろうから、姉の財布からも失敬する。

「姉さんって結構貯め込んでたのね」

月香《げっか》の小遣いの倍どころではなくあった銭を握り締め、自分の財布へと移す。用意したものを適当に布袋に突っ込み、外へと出る。急がなければ陽が暮れるし、母と姉が帰って来てしまう。

しかし、そこで夕鈴《ゆうりん》に出くわした。訪ねて来たところらしい。

「何処か行くの、月香《げっか》？」

布袋を背負っている月香《げっか》の姿に、夕鈴《ゆうりん》は怪訝《けげん》そうに首を傾げる。

「何処だっていいでしょう。あんたには関係ない」

先日口喧嘩《くちげんか》をしたことをまだ根に持っていた月香《げっか》は、素っ気ないどころか、突き放すようなきつい口調で言い捨てる。まあ、と夕鈴《ゆうりん》は眉を寄せた。

「せっかく謝りに来たのに」

「別にいいわよ。仲直りなんかしなくたって」

「なによ、その言い種《ぐさ》！」

さすがにカチンときた夕鈴《ゆうりん》は、月香《げっか》に向かって手を伸ばす。その手を叩き落とし、月香《げっか》はせせら笑った。

「気安く触らないでよ。あんたとはもう住む世界が違うんだから」

「はあ？」

言われた言葉の意味が理解出来ず、夕鈴《ゆうりん》は頬を引き攣《つ》らせた。

しかし月香《げっか》は構わない。夕鈴《ゆうりん》を叩いた手をわざとらしく払い、口許を歪めた。

「さようなら、夕鈴《ゆうりん》。もう二度と会うことはないと思うけど」

別れの言葉を口にして身を翻す。

なによ、と夕鈴《ゆうりん》は眉を吊《つ》り上《あ》げた。

「そっちがその気なら、もう二度と口なんかきいてやんないんだから！　莫迦《ばか》月《げっ》香《か》！」

夕鈴《ゆうりん》の声を背に聞きながら村を飛び出し、月香《げっか》は山道を駆け下りる。

陽はまだまだ十分に高い。歩く速度を落とさないで行けば、隣の街にも陽が落ちる前に着けるだろう。

けれど、月香《げつか》の目的地である都までは、少なくとも三日はかかる。もしかするともっとかかるかも知れない。急がなければ。

歩き慣れた山道を昂揚《こうよう》した気分で駆け下りながら、月香《げつか》は胸許に触れる。そこには盗み出してきた手紙と簪が入れてある。

このふたつを頼りに、月香《げつか》は都に行って『鴛祈《えんき》』という人を捜そうと思うのだ。都に行って、母の恋人か夫だった鴛祈《えんき》を捜し、その子供だと認めてもらおう。

鴛祈《えんき》本人はもういないかも知れない。戦地に行っていたようだから、もしかしたら戦死している可能性もある。しかし、親族くらいはいる筈だ。その親族は、鴛祈《えんき》の忘れ形見である母のお腹の中にいた子供の行方を捜しているかも知れないではないか。

広い都で、名前しかわからない男とその親族が見つかるかなんてわからない。見つからない可能性の方が高いかも知れない。

それでも月香《げつか》は一縷《いちる》の望みをこの手紙に託した。

「娘なら萌梅《ほうばい》――私は、萌梅《ほうばい》」

歌うように朗らかに呟き、くふっ、と月香《げつか》は笑みを零す。

鴛祈《えんき》のお家がお金持ちだったら、月香《げつか》は『お姫様』になれる。なんて素晴らしいことだろうか。

この色の白くほっそりとした手を土に塗《まみ》れさすことも、草の汁で汚したり、切ったりすることもない。綺麗な絹に花や鳥の刺繡をしたり、甘く美味しいお菓子を抓《つま》んだりすることだけに使われるようになるだろう。

着るものだって、色褪《いろあ》せて生地の傷んだこんな襤褸ではなく、上品な手触りの繻子《しゅす》や紗《しゃ》などを優雅に纏い、この艶やかな黒髪は複雑に結い上げて玉の簪をたくさん挿して。

今までずっと羨ましく思っていた明玉《めいぎょく》のような妓女達の装いよりももっと美しく、高価な絹の着物を着られるに違いない。そうしてそれは、なによりも月香《げっか》に似合う筈だ。

「ああ、なんて素敵な人生かしら！」

月香《げっか》はうっとりと呟いた。

鴛祈《えんき》が見つからなければ、母の実家を捜してもいい。父との結婚を反対されて駆け落ちしたという話だったが、孫が可愛くない祖父母などいない筈だ。子供が生まれたことで実家と和解したという人がいることも知っている。

今は貧乏暮らしの母も、嘗ては都でお嬢様と呼ばれるような暮らしをしていたのだ。姉がもらった櫛やこの簪を見てもわかるように、こんなにも美しく高価そうなものに囲まれて生活していたほどの家柄なのだから、きっと物凄《ものすご》いお金持ちに違いない。

「――…そうだわ。生い立ちを考えておかなくちゃ」

今のままの身の上を語ったりしたら、自分の他にも娘がいることを教えなければならない。

「まず、そうね……母さんは随分と前に亡くなったことにしよう」

身寄りがなくなった自分は、親交のあった近在の一家に引き取られたが、そこでは何年も奴婢《ぬひ》のように扱《こ》き使われてきたのだ。食事も満足に与えられない生活に耐えられなくなって、母の遺品の手紙を頼りに、父親がもしも生きているのならば、と捜しに出て来たのだということにしようと思う。

大好きだった母を亡くし、たった一人で孤独に生きてきたが、僅かな望みを懸けて親戚を捜しに旅をして来た娘という設定だ。これなら可哀想《かわいそう》だと思ってもらえるだろうし、多くは詮索されないだろう。

「昔から父さんはいなくて、女手ひとつで育ててくれた母さんも病気で死んでしまって。一人残された萌梅《ほうばい》は、養い親に虐《いじ》められながらもなんとか生きてきたのよね。まだこんなに若いのにたくさんの苦労をして、なんて可哀想な娘なの、萌梅《ほうばい》！」

完璧ではないか、と月香《げっか》は思った。

孤独で健気《けなげ》な美少女だなんて、あまりにも月香《げっか》に似合いすぎる。これはいい。都までの道中はそう短くもない。うっかり作り話だとばれてしまわないように、もう少し現実味を持たせつつ、もっとこの設定をしっかり作り込んでおくべきだ。目的地に辿り着くまでのいい暇潰しにもなる。

月香《げっか》は楽しげに笑いながら、自分の生い立ちの設定を練り始めた。

四　不安

月香《げっか》が戻らない。

いつもなら二日も経てば何事もなかったように戻って来て、変わらずに我儘を言ったりして、螢月《けいげつ》を困らせつつも安心させているというのに。

母は気にしていないような態度をしていたが、昨夜からまた調子を崩してしまった。今は静かに眠っているようなので、螢月《けいげつ》は予定通りに父の炭焼き小屋へと向かった。

炭焼きはもう既に最終工程に入っている。明日あたりには窯出しをして、きちんと冷えたら売りに行けるようになる。

街の商店に卸しに行くのは基本的には父がやってくれているが、今回は月香《げっか》のこともある。納品のときまでに戻らないようなら、螢月《けいげつ》も一緒に行こうと思っていた。

(取り敢えず、明日は街に行ってみよう)

明玉《めいぎょく》のところに行くと言ったきり帰っていないのだから、まだ華宵楼《かしょうろう》にいるのだろう。

あそこは堅気の若い娘がいるような場所ではないというのに、華やかさだけに惹かれて頻繁に出入りして、商売の邪魔になっているに決まっている。そろそろはっきりとやめさせないといけない。

困った子だわ、と溜め息を零しながら、窯の前で灰を掻《か》いている父を呼んだ。さすがにもう報告しなければならないだろう。

「いつものことだからあまり気にしていなかったんだけど、月香《げつか》が明玉《めいぎよく》さんのところに行ったきり帰って来てないの」

素直に謝って伝えると、父の表情が僅かに険しくなる。

「いつからだ」

「鴛翔《えんしよう》さんを助けた日からだから……七日」

父の表情には険しさの他に驚きと怒りが滲んだ。

ごめんなさい、と螢月《けいげつ》は謝る。

「遅いなとは思っていたの。でも、もしかすると夜には帰って来るかも知れないし、と先送りしていたら七日も経ってしまってて」
二、三日程度ではどうとも感じなくなってしまうほどに、月香《げつか》の家出は頻繁だった。行き先はだいたい明玉《めいぎよく》のいる華《か》宵《しよう》楼《ろう》か、親友である夕鈴《ゆうりん》の孫家のどちらかと決まっていたので、あまり心配せずとも問題はなかったのだ。

ただ、五日以上も帰らないのは初めてのことだった。

螢月《けいげつ》は小さく溜め息を零した。

「取り敢えずね、明日、華宵楼《かしょうろう》さんに行ってみるわ。蓬も頼まれていたし」

「俺が行く」

「父さんだとすぐに喧嘩になるでしょう。七日もいたのだったら迷惑をかけたのはうちなんだから、喧嘩じゃなくて、お詫《わ》びをしなくちゃいけないところだし……」

月香《げっか》を妓女として引き取ろうと企《たくら》んでいることもあり、華宵楼《かしょうろう》の店主と父は物凄く仲が悪い。顔を合わせようものなら刺々《とげとげ》しい言葉の応酬になるし、普段から仏頂面の父の顔は殺気立ったものになる。

今すぐにでも殴り込みに行きそうな様子の父を押し留め、螢月《けいげつ》がしっかりと説明すると、それは尤もな話だと思ったのか、父はひとつ大きく息を吐き出した。自分でも謝罪や感謝よりも先に喧嘩を売りそうになるだろうことはわかっているのだ。

「あと、今夜は帰って来られそう？」

なんとか気分を落ち着けようとしているらしい父の様子を窺いながら、母が昨日からまた少し体調を崩して寝ついている話をした。

心配顔になって頷きかけた父だったが、すぐに申し訳なさそうに首を振る。

「あいつがいる」

言われ、思い至った螢月《けいげつ》は頷いた。

盗まれて困るような明らかに高価なものは置いていないが、収入源である木炭や竹炭に生薬も置いてある。どれも準備に手間を要するものなのでなくせばかなり懐が痛いし、なにより燃えやすいものばかりの小屋なので、間違って火でも点《つ》いたら大事だ。小屋だけではなく山一帯に燃え広がる可能性もある。

しばらく接していて鴛翔《えんしょう》が悪い人間だとは思っていないが、結局のところ素性のよくわからないよそ者なので、一人で放っておくのは少々都合が悪い。

螢月《けいげつ》は少し考え、ぽんと手を打つ。

「じゃあ、今夜は私がいるから」

途端に父は先程よりも険しい顔になる。

父の表情の理由はおおいにわかる。年頃の男女が一晩二人きりでいるなど、どう考えても褒められる状況ではない。

しかし、ここ数日過ごした中で螢月《けいげつ》は、鴛翔《えんしょう》に対して妙な信用のようなものを抱いている。彼はそういうことをするような人ではないと、根拠はないがはっきりとしたものを感じていた。それぐらいに誠実な雰囲気を感じる人物だった。

「大丈夫よ。明け方まで起きていることくらい出来るし、寝るときは納戸に入れば戸を閉められるじゃない？」

だからすぐにそんなことを言えたのだが、父はそれが気に入らなかったらしい。怒ったような表情でむっつりと黙り込んでしまう。

父の心配もわかるつもりだが、体調を崩している母のことを考えると、やはり父には早急に家に戻って欲しいところではある。普段から素っ気ない態度でいる父ではあるが、母を大事にしていて、母も父をとても頼っていて、呆れるぐらいに仲がいいのも確かなことなのだ。

どうやったら納得させられるだろうか、と思っていると、杖《つえ》代わりに棒を突きながら鴛翔《えんしょう》が外から戻って来た。

「鴛翔《えんしょう》さん、何処に行っていたんですか？」

怪我人なのに無理をして、と驚いて螢月《けいげつ》は駆け寄るが、当の鴛翔《えんしょう》は何事もなかったかのように提げてきた桶を見せる。

「そこの沢で魚を釣って来たのだ」

桶の中には川魚が四匹ほど泳いでいる。小振りだが食べるのには丁度いい大きさだ。

「でも、傷がまだ治っていないのに……」

「糸を垂らして座っているだけだ、問題ない。寝てばかりいても身体が鈍るから」

まだ痛みはあるが、身動きが取れないほどではなくなったのだという。傷口もだいぶ乾いて固まってきているらしい。

それはよかった、と安堵《あんど》しつつ、背後から感じる父の視線に身を竦めた。話すことすらもいけないとでも言うのか。

父は最初から螢月《けいげつ》が鴛翔《えんしょう》に近づくのをよしとせず、様子を見に来てもすぐに用事を言いつけて引き離してしまう。

若い男性相手だから媚《こび》を売っているとかそういうつもりもないし、怪我の様子を案じるくらい普通のことだろうと思うのだが、どうにも父は気に入らないらしい。

（そういえば、初めの日からなんか鴛翔《えんしょう》さんに冷たかったのよね）

釣果の報告をしている鴛翔《えんしょう》と、それを仏頂面で聞いている父の様子を見ながら、変なの、と思う。父は昔からその容貌と相俟《あいま》って愛想が極端に悪いが、初対面の人を邪険にするほどには酷くなかった。それなのに、鴛翔《えんしょう》に対しては物凄く感じが悪く、かなり冷たい態度をとっている。

今までにも何人かの怪我人を同じように拾っているが、その誰に対しても、ここまでつっけんどんな態度をとったことはなかったと思う。いったいどうしてだろうか、と首を捻りながら理由をいくつか考えてみるが、どれも当て嵌《は》まりそうにもなく、そうなるとまったく見当もつかない。

これ以上はどう考えても仕方がない。寡黙な父の考えていることは昔からよくわからないのだ。その本心を理解しているのは母ぐらいなものだろう。

気にせずに昼食の支度を始める。鴛翔《えんしょう》がせっかく釣って来てくれた魚があるので、あれを調理しよう。

ほんの少し塩を振って素焼きにするか、香草と一緒に蒸し焼きにするか。鱒《ます》ならどういう食べ方をしてもまあまあ美味しい筈だ。

父は素焼きの方が好きだが、鴛翔《えんしょう》はどうだろうか。好みを訊いてみよう、と振り返ると、丁度鴛翔《えんしょう》がやって来るところだった。

「お魚、どう食べるのが好きですか？」

「螢月《けいげつ》殿に任せる」

差し出された桶を受け取ると、先程より魚が減っていた。

「守月《しゅげつ》殿にお渡しした」

あら、と首を傾げかけると、先に理由を口にされた。

「奥方――螢月《けいげつ》殿の母御がご不調なのだろう？　少しでも精がつけばいいと思って

な」

「それはありがとうございます。母はお魚が好きなので喜ぶと思います」

「いや。守月《しゆげつ》殿にも螢月《けいげつ》殿にも大変に世話になっているからな」

これくらいではまったく礼にはならないだろうが、と苦笑されるが、そんなことはない。そういう気持ちを持ってくれただけでも嬉しいものだ。

やはりいい人だなぁ、と感心しながら、それでは父は魚を持って帰宅したのだろうということに思い至る。

あれだけ不機嫌そうにしていたのに、と首を傾げながら鴛翔《えんしよう》に尋ねると、そうだ、と頷き返された。なんだかんだでやはり母のことが心配なのだろう。本当に仲がよくて、こちらは火傷《やけど》でもしてしまいそうだ。

「――……え？　螢月《けいげつ》殿が今夜はこちらに？」

泊まることを説明すると、鴛翔《えんしよう》はなんともいえない複雑な表情をした。

「はい。食事のこともありますし」

どうやら煮炊きの経験がないらしい鴛翔《えんしよう》なので、食事の支度はすべて父がやっていた。その父が今夜はいないとなると、彼の夕飯を用意してやる者がいなくなってしまう。

たかが一食くらい大丈夫だと思わないこともないが、怪我を治す為にはしっかりと食べることも重要なのだし、粗食ではあるが三食きちんと食べさせてやりたい。

「しかし……年頃の娘が、親族でもない男と二人きりで夜を明かすのは、その……あまり褒められたことではあるまい」

食事の支度を始める螢月《けいげつ》に、鴛翔《えんしょう》は遠慮がちに声をかけた。

その言い回しに螢月《けいげつ》は双眸を見開き、それから可笑しくなってちょっとだけ声を出して笑った。

（やっぱりこの人、いい人だわ）

今まで助けた怪我人達とは明らかに違う。きっととても真面目な人なのだ。

「そういうことをおっしゃってくださるってことは、私に変なことをしようって気はないんでしょう？」

笑われたことが腑《ふ》に落ちない様子になっている鴛翔《えんしょう》に、螢月《けいげつ》は微笑む。

当たり前だ、と即答で返されるのへ、笑いながら「だったらいいじゃないですか」と頷き返した。

陽が傾いてくると、風が強くなってきた。

このまま今夜は天気が崩れそうだ。螢月《けいげつ》は外に干していた薬草を急いで取り込み、小屋の中の棚に移動させる。

鴛翔《えんしょう》が手伝うつもりで傍に来てくれたが、きっと薬草の見分けがつかないだろうからあまり触られたくはない。混ざったりしたら大変だ。少し冷たいかと思いつつも、安静にしていろ、と告げて手際よく作業を熟《こな》していく。

そんな螢月《けいげつ》の様子を見守りながら、雨が降り出しそうになっている空を見上げた鴛《えん》翔《しょう》は、戸締りをしてくれていた。外に出しっ放しだった籠なども中へ入れてくれている。そういう気遣いがとても好もしかった。

なんだかホッとしたような心地になっていると、鴛翔《えんしょう》が微かに笑う。なにか可笑しなことがあったのだろうか、と振り返ると、軽く首を振られる。

「いや、その……市井の夫婦《めおと》というものは、こういう風に振る舞うものだろうか、と少し思ってしまっただけで」

その言葉に螢月《けいげつ》も思わず笑った。

「そうですね。鴛翔《えんしょう》さんのお家だと使用人の方とかがいらっしゃるから、戸締りなんてやらないでしょうけど――ふふっ。そうですねぇ。なんだか夫婦みたい」

食事の支度をしている母の隣で、薪を運んで来て竈にくべている父の後ろ姿を思い出し、確かに今の自分と鴛翔《えんしょう》の遣《や》り取《と》りはそんな父母のようだったな、と思う。それが不思議と嫌な気分ではなかったのでもう一度笑うと、鴛翔《えんしょう》も同じ気持ちでいてくれたのか、少々照れ臭そうに頭を掻いていた。

陽が暮れる頃になると、強い風の中にやはり雨粒が混じってきていた。お陰で山中のここは少し冷える。真冬はあまり使わない小屋なので、防寒対策などをきちんとしていない所為もあるのだろうが、何処かから入り込む隙間風が寒かった。

食事をするのに布団を被《かぶ》っているわけにもいかないだろうと思い、普段は魚や肉を炙《あぶ》ったり、豆を煎ったりするのに使っている火鉢で少しは暖が取れるだろう、と板間に移動させる。炭の残りは少しだけあったので、今夜一晩くらいはなんとか間に合いそうだ。

火入れをやる、と言ってくれた鴛翔《えんしょう》の言葉に甘えて頼み、螢月《けいげつ》は食事の支度を始めた。

すっかり部屋が暖まった頃、筍《たけのこ》と兎肉《うさぎにく》を入れた汁物も丁度よく煮えたので、少し時間は早いが、夕飯にしてしまうことにする。こういう夜はさっさと食べて寝てしまうに限る。

「食べ終わったら包帯替えますね」

二杯目をよそいながら告げると、鴛翔《えんしょう》は少し戸惑ったような表情をしたが、素直に頷いて頭を下げた。

少し多めに作った汁物は半分ほど残ったので、明日の朝はこれを雑穀粥にしよう、と予定を立てながら片付けを済ませ、洗い置きしてあった包帯と化膿《かのう》止めの薬を用意する。

脱いで、と告げると、鴛翔《えんしょう》は少しだけ躊躇した。

「どうしたんですか？」

「いや……。年頃の女性《にょしょう》に、恋人でもない男の裸など見せるものではないと思って」

「なに言ってるんですか。もうとっくに見ましたよ」

変なことを案じているな、と呆れて言うと、鴛翔《えんしょう》は驚いた顔になる。どうやら初めの手当てもなにもかも、すべて父がやったものだと思っていたようだ。螢月《けいげつ》を極力近づけさせないようにしていたので、そう思っていても仕方がないか。

「さっ、気にせず脱いでください」

「あ、ああ……」

急《せ》かすようにもう一度言えば、鴛翔《えんしょう》は諦めたような表情をして帯を解いた。

「沁《し》みますよ」

包帯を外した傷口に薬を塗る。本当は擦りこむように塗りたいのだが、それはさすがに痛かろうと思い、指先で優しく撫でるようにちょんちょんと塗っていく。

「螢月《けいげつ》殿は、おいくつなのだろう？」

痛みを堪えるように眉間に皺を刻みながら、鴛翔《えんしょう》がぽつりと零した。

「十八になりました」

「……もう少し下かと思った」

「よく言われます」

「悪い意味ではない。気に障ったのならすまぬ」

「ああ、大丈夫ですよ。本当によく言われることなので。顔つきが幼く見えるんですかねぇ……三つ下の妹の方が背も高くなってしまってて」

笑いながら傷口に当て布をし、包帯を巻きつけていく。だが、鴛翔《えんしょう》のがっしりとした胸は螢月《けいげつ》の腕には広すぎて、少々苦労する。それが可笑しくてまた笑ってしまう。

その様子に気づいた鴛翔《えんしょう》は上手く身体を捻ってくれて、巻きやすいように動いてくれる。助かった。

胸から腹にかけての太刀傷はそれでいいとして、今度は腕の矢傷だ。こちらは鏃に毒が塗ってあったということで、やはりかなり膿んだらしい。父からそう聞いていた。溜まっていた膿を拭き取ってから薬を塗り、包帯を替える。

「——…あら！」

そこで螢月《けいげつ》はあるものに気づいた。

「葉っぱのおまじない！」

前に見たときには気づかなかったのだが、鴛翔《えんしょう》の腕にも、螢月《けいげつ》の項《うなじ》にあるのと同じ葉の形をした刺青があった。

思わず声を上げてしまうと、鴛翔《えんしょう》が「え？」と怪訝そうに振り返る。

「あ、ごめんなさい。大きな声を出してしまって」

「いや……おまじない？」

訝《いぶか》しげに見てくる鴛翔《えんしょう》に、そうなんですよ、と螢月《けいげつ》は楽しげに頷いた。

「鴛翔《えんしょう》さんの腕のここに、葉っぱの彫り物があるじゃないですか」

「ああ」

「私にもあるんです。このあたりに！」

鴛翔《えんしょう》に背を向けて髪を避け、項を見せる。螢月《けいげつ》自身は直接見たことはないが、月香《げっか》が言うには、襟の縫い目が当たるあたりに細い葉の模様が描かれているのだという。

「見えました？」

もう少し襟を緩めた方が見えるかな、と思いつつも、これ以上肌を見せるのはさすがに憚《はばか》られる。

どうしようかな、と思っていると、鴛翔《えんしょう》が項に触れてきた。

突然のことに驚いて思わず身を竦めるが、あまり危機的なものは感じなかったので、やりたいようにさせておく。

「――…神柳《しんりゅう》の加護……」

螢月《けいげつ》の少し陽に焼けた首にある刺青の上を撫でながら、鴛翔《えんしょう》は呆然《ぼうぜん》と呟く。

(何故これが――この習わしが、この娘に？)

鴛翔《えんしょう》の生家である蔡《さい》家では、始祖が柳の樹に宿った神仙のお告げを聞き繁栄してきた為、その樹を御神樹として祀《まつ》り、一族の者はその加護を常に受けられるように、と柳の葉をその身の何処かに彫る。

それと同じものが、螢月《けいげつ》の首にもある。

彼女はこれを「葉っぱのおまじない」と呼んでいた。この地方にはそういった呪《まじな》いが存在するのだろうか。

いや、そもそも『柳』という国号を頂いているのだから、柳の樹は国中で大事にされている。植樹も盛んに行われて、至るところ彼方此方《あちこち》で見かけるのだ。それ故になにか因縁づけて呪術的なものに使う風習があってもおかしくはないだろう――そう考えるのは容易《たやす》い。けれど、なにかが引っかかる。

考え込みながら指先を離すと、螢月《けいげつ》が振り返る。

「同じでした？」

「あ、ああ。そうだな」

頷きながら、初めて会ったときの守月《しゆげつ》の態度を思い出す。

彼はあのとき、蔡家の人間などと関わり合いたくない、と嫌悪も顕わに吐き捨てていた。その口調に怒りのようなものが含まれているのは感じていたのだが、もしかすると螢月《けいげつ》の刺青となにか関連があるのだろうか。

（もしや、奥方は蔡家の……？）

守月《しゆげつ》の妻というのが、蔡家に縁ある女性だったのではないだろうか。つまり、螢月《けいげつ》は蔡家に所縁のある娘なのだ。

蔡家の人間ならば、この刺青の意味もわかる。

それでも解《げ》せないのは、こんな鄙びた場所に隠棲《いんせい》しているかのような人間が、わざわざ蔡家の習わしを受け継ぐだろうかということだ。あの守月《しゆげつ》の口振りからしても、縁を絶ちたいと考えていることだろう。

そもそも蔡家の人間の殆《ほとん》どは都で暮らしているし、よそに嫁に行く娘がいたとしても、それは政略的な意味で他国へと行っている。この辺りに所縁ある者が移り住んだ話など聞いたこともない。それなのにこんな場所にいるということは、つまり、事情があって出奔した者なのだろう。

だったら尚更《なおさら》、蔡家に通ずるものなど残したくないのではなかろうか。特に彫り物は、一度肌に入れてしまうと抉《えぐ》るか焼くかしなければ消せない。娘の肌に入れるなど一番躊躇うことではなかろうか。

それなのに、何故——と、使い終わった道具の片づけをしている螢月《けいげつ》の後ろ姿を見やりながら、鴛翔《えんしょう》は静かに考え込んだ。

五　下山

夜中に吹きつけていた風雨は、明け方前にはすっかり収まっていた。

締め切っていた戸を開けて朝陽《あさひ》を部屋の中に入れ、螢月《けいげつ》は朝食の用意を始める。

「お早《はよ》うございます。手、痺《しび》れてませんか？」

鍋を火にかける間に鴛翔《えんしょう》の許へ行き、手首をきつく縛っていた縄を解いてやる。

ああ、と鴛翔《えんしょう》は頷いたが、指先を閉じたり開いたりして、慎重に具合を確かめている。その様子に螢月《けいげつ》は笑みを零した。

昨夜一晩共にいるということになったので、鴛翔《えんしょう》は自らの腕を差し出し、螢月《けいげつ》に「悪さをしないように縛ってくれ」と提案してきた。

もちろんそんなつもりは微塵《みじん》もないが、殺気立った顔で「わかっているな」と念押しして行った守月《しゅげつ》の手前、はっきりとした証拠を残したかったのだ。縛られていてなにも出来なかった旨を証言してくれ、と言われ、螢月《けいげつ》は快く言われた通りにしたのだった。

さっさと食事を済ませてしまい、螢月《けいげつ》は街へと下りる為に、頼まれものの薬草をまとめ始める。

（月香《げっか》がご迷惑かけたんだろうから、ちょっとイロをつけておかないと……）

華宵楼《かしょうろう》から注文を受けていた蓬風呂用の蓬を包みながら、量を増やすべきか、代金を少し値引きするべきか悩む。

取り敢えず指定の数量を包み、それとは別にもう少し包んでおく。女性の不調に効能の高い当帰《とうき》もいいだろう。いらないと言われたらそのまま薬種問屋の方へ卸してしまおう。

薬種問屋に頼まれていた八角と桂皮《けいひ》も包み、いつでも出かけられる状態になった。しかし、夜通し営業している華宵楼《かしょうろう》を昼前に訪ねるのは憚られるので、昼になったら街に向かうことにする。

父が来るまでの間に他の薬材の様子も見ておこう、と乾燥棚の様子を見に行く。

忙《せわ》しなく動き回っている螢月《けいげつ》の姿を目で追いながら、鴛翔《えんしょう》も頼まれていた洗い物を済ませ、借りている寝床の上へと腰を落ち着けた。そこで溜め息を零すと、螢月《けいげつ》が飛んで来た。

「痛みますか？」

どうやら傷が痛んで息を吐いたのだと思われたらしい。鴛翔《えんしょう》は笑って首を振った。

「言っただろう、寝てばかりだと身体が鈍ると。体力が戻りきっていないのか、随分と疲れやすくなってしまっていて情けない」

「そうですか」

返された言葉を信じて頷く。

それなりに大きな傷だと思っていたのだが、思っていたよりも回復が早いような気がする。若いからなのか、元々健康体だったから治癒力が高いのかはわからない。

よかった、と安心しながら、思い出して部屋の隅に置いていた籠を取りに行く。

「これ、鴛翔《えんしょう》さんの着ていた衣です。切れていたところは一応繕ったんですけど」

縫い物はそんなに得意ではないのだが、鉤裂《かぎざ》きを繕ったりするのは得意だ。これも結構上手く出来たと思う。

鴛翔《えんしょう》は礼を言って受け取り、広げて見て、袍《ふく》の前面にある縫い目に顔を顰めた。斬られたときのことを思い出したのだろうか。一応洗ったのだが、血の汚れは完全には落ちておらずにうっすら染みになっているのだ。

「あ、そうそう。昼過ぎたら麓の杷倫《はりん》の街に行って来ますので、なにか用事はありますか？　ご無事を伝えたい人とか」

言伝《ことづて》なら預かるし、手紙も届けよう、と告げると、鴛翔《えんしょう》は首を振った。

「それよりも、迷惑でなければわたしも同道させてくれぬか？」

思わず「えっ」と声を上げてしまう。だいぶ動けるようになったとはいえ、傷はまだ完全には塞がっていないだろう。もう少し療養するべきではないのか。

不安になって尋ね返すと、鴛翔《えんしょう》は苦笑した。

「守月《しゆげつ》殿と初めから約束していたのだ。ここに置いて頂けるのは、十日だけだと」

「なんですか、それ。父がそんなことを言ったんですか？　大きな怪我をして倒れていた人に？」

呆れて眉を寄せると、鴛翔《えんしよう》が慌てたように首を振る。

「いや、守月《しゆげつ》殿の言葉も尤もだと思う。年頃の美しい娘がいるところに、素性の知れぬ若い男を置いておくなど、父親としたら心配で仕方があるまい」

それが世間一般で共通の認識だろう。だから気にしていないし、従うつもりだった、とはっきりと言われ、螢月《けいげつ》は納得して頷いた。

そんな話をしていると、丁度よく父がやって来た。

鴛翔《えんしよう》はきちんと居住まいを正し、今まで世話になったことに対して礼を述べ、街に行く螢月《けいげつ》と一緒に出て行くことを伝えた。

父はいつもと変わらぬ表情で「そうか」と頷いただけで、窯の方へと行ってしまった。

もう少しなにかあってもいいだろうに、と螢月《けいげつ》は複雑な表情をしたが、鴛翔《えんしょう》は軽く微笑むだけで気にしていないようだった。

着るものの他に、倒れていたときに身に着けていた装備などを受け取り、慣れた手つきで支度を整えていく。久し振りに腰に佩いた太刀は、いつもよりもずっしりと感じられ、鴛翔《えんしょう》は苦笑するしかなかった。

鴛翔《えんしょう》が着替えをしている間に螢月《けいげつ》は外へ行き、自由にさせていた鴛翔《えんしょう》の馬を呼ぶ。旺《おう》という名前らしい馬はやはり賢く、呼ばれてすぐに駆けて来ると、螢月《けいげつ》の手に馬具があることに気づき、大人しく背に載せてもらっていた。とてもいい子だ。

「母さんの具合はどう？」

家の畑で採れた唐辛子を父が持って来てくれていたので、吊《つ》るし干しにする為に紐を括《くく》りつけながら、窯開きをしている父に尋ねる。

「今朝はまだ寝ている。眩暈《めまい》がすると」

母の不調はやはり月香《げっか》が戻らないことによる心配からなのだろう。

(月香《げっか》ったら、いつまでふらふらしているつもりなんだか！)

螢月《けいげつ》ももちろん心配していたが、その心配をかけさせていることに少々腹が立ってきた。

まわり中から可愛い可愛いと煽《おだ》てられて育った月香《げつか》の我儘や気紛《きまぐ》れは、何度注意しても直ることなく、これはもう仕方がないと諦めかけていたところもあるが、その所為で母を寝込ませてしまうなんて親不孝はさすがに見逃せない。

戻って来たらガツンと叱ってやらねば、と拳を握り締めたところで、支度を終えたらしい鴛翔《えんしょう》が外に出て来た。

ちょっとした狩猟の為だったからか、武装というよりは簡易の籠手と脚絆《きゃはん》を着けただけの姿でも、陽射しの中に立つ鴛翔《えんしょう》は立派な若武者の出《い》で立《た》ちだった。

「守月《しゅげつ》殿」

衣服を変えただけで随分と雰囲気が変わるものだ、と感心していると、鴛翔《えんしょう》は父の許へ行ってもう一度頭を下げた。

「金子も殆ど持たず、満足な礼をすることも出来ぬこの身ではありますが、せめて、これを受け取ってはくださらぬだろうか」

そう言って帯から小刀を引き抜く。

「あなたはわたしからのものなど欲しくはないだろうが、どうか受け取って欲しい」

父は顔を顰めてその小刀を睨みつける。

「腕利きの刀工の拵《こしら》えたものだから切れ味は保証する。生活に役立てるもよし、売って金に換えてくださっても構わぬ」

さあ、と差し出され、父は大きく溜め息を零した。そうして、仕方なさそうに受け取る。

「――…もう二度と来るな」

低く囁く声が聞こえてしまい、螢月《けいげつ》は咎めるように父を呼んだ。

鴛翔《えんしょう》は僅かに下の位置から睨み上げてくる視線に笑みを返しながら、いいえ、と首を振る。

「それはお約束出来かねる」

「貴様……」

「人生には、なにがあるかわからぬ故に」

「………勝手にしろ」

吐き捨てるように告げて背を向け、仕事に戻る。

その背中に向かって、鴛翔《えんしょう》はもう一度深々と頭を下げた。

「では、街まで案内《あない》してくれ、螢月《けいげつ》殿」

涼やかな声音で頼まれ、螢月《けいげつ》は用意していた荷物を背負った。

「傷は痛みませんか？」

後ろをついて来た鴛翔《えんしょう》に尋ねる。鴛翔《えんしょう》は大きく息を吐き出しながら頷いた。

「ああ、大事ない。だが、少し息が上がってしまったな」

「じゃあ、少しゆっくり行きましょう」

「助かる」

いいえ、と螢月《けいげつ》は笑みを浮かべる。鴛翔《えんしょう》はもう一度大きく息を吐き出した。

初めは馬に乗って歩かせていたのだが、山道は存外揺れて傷口に響いたらしく、結局徒歩に切り替えていた。歩いたほうがましだったのだろうが、療養で鈍った身体は予想以上に体力が落ちていたらしい。

杷倫《はりん》山の麓に広がる杷倫《はりん》の街は、この辺りでは一番大きく賑《にぎ》わっている土地だ。都寄りの方角から山に入った鴛翔《えんしょう》は、下りた場所には見覚えがなかったらしく、物珍しげに周囲を見回した。表情が少し楽しげでもある。

「都に行くには大きい街道が東側からですから、あっちの方に」

「あ、いや。その前に、役所に寄りたい」

「役所ですか……？」

道順を説明しようとすると遮られたので、螢月《けいげつ》は首を傾げる。ああ、と鴛翔《えんしょう》は頷いた。

「何日も消息を絶っていたからな、捜されているやも知れん」

届け出があるようだったら、自分で行って直接無事を報せた方が早い、と言う。

言われてみればそうかも知れない。ならば役所への道を教えてやろうと思ったが、華宵楼《かしょうろう》までの通り道なので、近くまで送って行ってやろうと考え直した。

二人で並んで歩いているのは、なんだか少し変な感じだった。

鴛翔《えんしょう》がずっと寝ていた所為かも知れないし、螢月《けいげつ》に異性と出歩くような経験がなかったからかも知れない。そのことに気づいたら、ちょっとだけ胸がドキドキした。

「螢月《けいげつ》殿」

呼び止められたので振り向く。しかし、隣にいた筈の鴛翔《えんしょう》の姿はなく、怪訝に思って周囲を見回してみると、たった今過ぎて来た店先で手招いていた。

「螢月《けいげつ》殿にもなにか礼をしたい。好きなものを選んでくれ」

そこは女性向けの小間物屋だった。

「別にお礼なんて……」

「今まで世話になったのだ。金銭を渡すでは色気もないし、普段使い出来るものならばよかろう？」

これぐらいの代金は持っているので、遠慮なく選んでくれ、と尚も言われ、螢月《けいげつ》は困ってしまう。

世話をしたといってもたいしたことはしていないつもりだし、既に父が小刀を受け取っている。あれで十分ではないか。

「このお兄さんの言う通りだ」

螢月《けいげつ》が困惑していると、少し頭髪の寂しげな店主が口を挟んできた。

「お嬢ちゃんは可愛い簪を買ってもらって髪に挿す。するといつもより更に可愛くなる。お兄さんはそれ見て喜ぶし、礼が出来たとすっきりする。ついでにこのおいちゃんも、簪が一個売れて嬉しいってもんよ」

いいこと尽くめさ、と笑みを向けられ、その言い回しが面白かったので螢月《けいげつ》は思わず笑った。

「じゃあ、ひとつだけ……これで」

そう言って、端に碧《あお》い玉のついた飾り紐を手に取る。

「……そんなものでいいのか？」

あまりにも質素なものを手にされたので、鴛翔《えんしょう》は少し不満そうに尋ねた。

はい、と螢月《けいげつ》は苦笑する。

「私、髪の量が多くて硬いし……簪があんまり綺麗に挿せないんです。結べるものの方が使えます」

月香《げっか》くらい柔らかくて編みやすい髪だったら、店主が薦めてくれた蓮花《れんげ》の簪もきっと似合っただろう。少し残念だ。

そうか、と僅かに残念そうな表情で頷き、鴛翔《えんしょう》は店主に金を渡した。

「毎度。今釣り銭用意しますんで」

「あ、店主殿。その残りで、他にもなにか買えるだろうか？」

「もちろんですよ」

螢月《けいげつ》に買った紐なら追加で五本は買える、と満面の笑みを向ける。

「では、なにかよいものを見繕ってくれぬか」

「お任せを！　すぐにご用意しますんで、少しお待ちください」

鴛翔《えんしょう》の言葉に店主は嬉々として店の棚を漁《あさ》り始めた。

少しして用意されたのは、簪や櫛だけでなく、玉の腕環や指環《ゆびわ》に帯飾りなど、螢月《けいげつ》にはまったく縁遠かった装身具の数々だ。

「このあたりですかね。あとは――おぅい、かかぁよぅ」

店先から顔を出し、隣の店へと声をかける。どうやら隣の反物屋は、この店主の妻が店番をしているらしい。

店主が事情を説明すると、隣から顔を出した幾分ふくよかな女性は、さっさと何本かの反物と、既に仕立て上がっている衣を持って来た。

「このあたりからひとつ、こっちのあたりならふたつはお選び頂けますよ」

金払いのいい客だとわかったからか、店主夫婦はにこにこと商品を見せて来た。口調まで先程より改まっている。

ご家族にお土産かしら、などと思いながら、螢月《けいげつ》は並べられた品の数々に目を奪われた。

月香《げつか》程に執着したりはしないが、年頃の螢月《けいげつ》も綺麗なものは好きだ。なんでも似合う月香《げつか》のことを可愛く装わせてやることは好きだが、自分自身が着飾ることにあまり興味がないし、元々そんな余裕もないから手に取ろうなどと思いもしないが、眺めていいのならいくらでも見ていたい。

「螢月《けいげつ》殿は、何色がお好きか？」

綺麗な珊瑚《さんご》の簪を眺めていると、鴛翔《えんしょう》から話を振られた。

「若い娘の意見として参考に」

にっこりと魅力的に微笑まれて言われるので、螢月《けいげつ》はちょっとだけ頬を染めた。

「私の意見など参考になるものでしょうか」

「なるさ」

そう言われ、妹さんにお土産なのね、と解釈した螢月《けいげつ》は、さっと反物を手にした。

「私は青とか緑とかが好きですけど、同年代の子達は薄紅とか、こういう蒲公英《たんぽぽ》色とかが好きです。うちの妹は、桃色と珊瑚色が好きだし、とても似合います」

螢月《けいげつ》の答えに鴛翔《えんしょう》は、なるほど、と頷き、にこにこと満面の笑みを向けている店主に耳打ちした。店主は心得たとばかりに出した品々を一旦奥に戻し、忙しなく動き回り始める。

あまり美的感覚というものに自信のない螢月《けいげつ》は、本当に役立ったのだろうか、と僅かに不安になる。こういう意見は月香《げっか》の方が向いていただろうに。

そこではっとする。

「あ、あの、鴛翔《えんしょう》さん。そろそろ行かないと」

遅くなってくると妓楼である華宵楼《かしょうろう》は忙しくなってしまう。落ち着いて話が出来なくなるのはいろいろと困るので、慌てて鴛翔《えんしょう》を急かした。

そうか、と頷いた鴛翔《えんしょう》は、螢月《けいげつ》の手から碧い玉のついた飾り紐を取り上げる。

「これは包んでおいてもらうから、帰りに受け取るといい」

店主はそれも受け取って「お預かりしておきますよ」と笑った。

確かに、華宵楼《かしょうろう》に行ったあとに薬種問屋にも寄る予定なので、歩き回っているうちに落としたら嫌だ。親切な言葉に甘えておこうと思う。

今日中に取りに来てくれればいいから、という言葉に頷きながら、まずは鴛翔《えんしょう》を役所の見える場所まで連れて行くことにする。

賑やかな大通りを歩いて行くと開けた場所に出て、そこが役所の目の前だ。

「本当に、世話になった」

役所の門を確認した鴛翔《えんしょう》は螢月《けいげつ》に向き直り、改めて深々と頭を下げる。いいえ、と螢月《けいげつ》は首を振った。

「都までの道中も長いでしょうから、どうかお気をつけて」

「螢月《けいげつ》殿も、健やかであられよ。ご両親と、妹御にもご自愛召されよと」

「伝えておきます」

微笑んで頷き、荷物を背負い直す。

会釈をして立ち去って行く螢月《けいげつ》の後ろ姿を見送りながら、鴛翔《えんしょう》は僅かに笑みを零す。

とても気持ちのいい娘だった。親切で明るくて、家族思いで優しい。健康的な働き者で、料理も上手い。そしてなによりも、パッと弾《はじ》けるように笑う顔が可愛らしかった。

きっと自慢の娘だろう、と仏頂面しか見たことのなかった守月《しゅげつ》の顔を思い浮かべる。彼等父娘《おやこ》には大変に世話になった。あれくらいでは礼をしたうちにも入らないと思うが、きっとあれ以上は受け取ってくれないだろうし、仕方がない。

気を取り直し、役所の門へと目を向ける。

手綱を引いて近づいて行くと、番兵がチラリと目線を向けて来た。その男へ腰に下げていた佩玉《はいぎょく》を差し出す。

「長官にお会いしたい。隆宗《りゅうそう》が参ったと伝えてくれ」


大急ぎで華《か》宵《しょう》楼《ろう》に行くと、なんとか営業時間の前に辿り着けた。少し話をするくらいの余裕もあるだろう。

裏口に回って中を覗くと、丁度振り返った料理女と目が合った。

「あら。今日はお姉ちゃんの方だわ」

その口振りに急に居《い》た堪《たま》れなくなる。うわっ、と思わず顔を顰め、慌てて頭を下げた。

「いつもお忙しいところに妹がお邪魔して、ご迷惑をかけて、本当に申し訳ありません！」

「そんなに畏《かしこ》まらなくたっていいんじゃない。あんたのとこの妹は旦那さんのお気に入りなんだから」

女はけらけらと明るく笑い、前掛けで手を拭いた。

「今日はなんの用だい？」

「はい、頼まれていた蓬を持って来たので」

「ああ、そう。ちょっと待っときな」

そう言って女は奥に走って行く。店主に報せに行ってくれたのだろう。

しばらくして戻って来た女に奥へ行くように言われ、店主が帳簿つけなどをしている部屋へと向かう。

「やあ、螢月《けいげつ》。蓬が出来たんだね」

「ご無沙汰してます、張《ちょう》さん」

「いやいや。助かるよ」

示された机の上に荷物を下ろし、頼まれていた蓬の包みを載せる。受け取って中身を確認している店主の前に、そっと当帰の包みも差し出した。

「これは？」

「当帰を、少しなんですけど。あの、いつもうちの妹がご迷惑をおかけしていて申し訳ありません。お礼というか、お詫びというか……」

「なんだ、そんなこと。気にしなくていいのに」

「でも」

尚も言おうとすると、するりと唇の前に手を当てられる。

「あたしゃね、あの子が好きなんだ。素直で可愛いしね。気にしないでいいよ」

ね、と念押しするようににっこりと笑われ、はあ、と気の抜けた返事をすることしか出来なかった。

「それじゃ、今、お代用意するからね」

「あ、じゃあ、少しお値引きさせて頂くか、おまけをつけさせてください」

立ち上がった店主に向かって追加分の蓬の包みも差し出す。店主は少し困ったような顔をしたが、思い詰めたように必死な様子の螢月《けいげつ》の顔に仕方ないと諦めたのか、苦笑して頷いた。

「わかったよ。それであんたの気が済むなら、今回は受け取らせてもらう」

「ありがとうございます」

「いいって。こっちも助かるもんだしね。でも、今度からは本当にこういう気遣いはしないどくれよ。あんたンとこの親父とまた喧嘩したくないからね」

にやりと笑われ、螢月《けいげつ》は引き攣った笑みを浮かべるしかない。

「その節は父がご迷惑を……」

「まあ、あのときは順番間違えたこっちが悪かったね。可愛い可愛い娘を身売りさせようなんて、普通の親だったら怒って当たり前さ」

芸事を仕込むのに丁度いい、とまだ十一だった月香《げつか》を「綺麗な着物が着られる」とか「美味しいご飯がある」とか、甘い言葉で唆して引き取ろうとした為に、父と大喧《げん》嘩《か》になったのだ。

あれはやり方が不味《まず》かったね、と笑いながら、代金を入れた袋を渡してきた。

中身を数えた螢月《けいげつ》は、きちんと最初の注文分だけが入っていることを確認した。

「またなにかあればご用命ください」

「ああ、頼んだよ」

「お任せください。――それで、あの、月香《げつか》を連れ帰りたいのですが」

何処にいるのだろう、と問いかけると、店主は首を傾げた。

「今日は来てないよ」

「いえ、あの……八日程前から、ずっとお邪魔しているんだと思うんですけど」

改めて口にするとなんと情けなく恥ずかしいことだろうか。商売で忙しいお店にそんなにも長い間、勝手に居座るなんて。

申し訳なさと恥ずかしさから頬を染めて僅かに俯《うつむ》いた螢月《けいげつ》の言葉に、店主は怪訝そうな顔をする。

「確かにそのくらいのときに来たけど、いつも通り、次の日には帰ったよ」

「……え？」

螢月《けいげつ》は思わず言葉を失ってぽかんとする。

ちょっと待ってな、と言った店主は部屋の外へ顔を出し、明玉《めいぎょく》を呼ぶように言いつけた。

（帰った……？）

しかももう七日も前のことだという。

それなのに家には帰っていない。帰って来る途中でなにかあったのだろうか――いや、このあたりは、なにかそういう危険があるような場所ではない。

村までは山道ではあるが、急な場所も崖になっているような危険なところもなく、悪い人間に後をつけられても気づかないほどに見通しも悪くはない。慣れていれば子供が一人でも行き来はまったく問題ないほどの道だ。

なにがあって七日も行方が知れなくなっているのか。

まさか、月香《げつか》を妓女にしたいと考えている店主が嘘《うそ》をついているのか、と疑いの気持ちが湧いたとき、明玉《めいぎょく》がやって来た。

今夜も仕事なのだろう。あら、と意外そうな声を零した明玉《めいぎょく》は、肌が透けるような空色の襦裙《きもの》を美しく着込んでいるが、支度の途中だったらしく、髪は結い上がってはいない。それがなんだか少しちぐはぐな印象だった。

「螢月《けいげつ》が顔を見せるなんて珍しい。いつも用を済ませたらすぐに帰るのに」

明玉《めいぎょく》はそう言って紅を差した唇を笑ませた。

「いつも月香《げつか》が、ご迷惑をおかけしています」

日頃のことに対してなんとか頭を下げるが、今はまだいろいろと混乱している。考えがよくまとまらない。

そんな螢月《けいげつ》の様子を不審に思ったのか、明玉《めいぎょく》は僅かに首を傾げる。

「この前遊びに来た月香《げつか》は、次の日には帰ったんだよね？　いつものように」

いつのまにか茶器を運んで来た店主は、温かな湯気の立つ茶碗を螢月《けいげつ》の前に置きながら、話の本題を明玉《めいぎょく》に振る。

ええ、と頷いた明玉《めいぎょく》は、ハッとして螢月《けいげつ》の顔を覗き込んだ。

「もしかして、帰ってないの？」

螢月《けいげつ》はこくりと頷く。ああ、と明玉《めいぎょく》は溜め息を零した。

「あんた、月香《げっか》の行き先は知らないかい？　帰るとき様子が変だったとか」

お茶を啜りながら、店主も困ったように表情を暗くする。

「さあ。いつも通りでしたし、楽しそうに帰って行きましたよ」

その日のことを思い返しながら明玉《めいぎょく》は答える。

「来たときは大分怒ってたけど、吐き出したらすっきりしたのか、一晩寝て大人気なかったと思ったのか、朝にはけろっとしてたのよ」

「そうですか……」

では何処に行ったというのか。

ますます青褪める螢月《けいげつ》に、店主は「まあ取り敢えずお茶でも飲みな」と茶碗を握らせる。その指先が物凄く冷たかったことから、彼女がかなり緊張しているのだとわかり、店主は僅かに眉を寄せた。

ああ、と溜め息を零した店主は、明玉《めいぎょく》を見遣《みや》る。

「本当に、なにも変なところはなかったのかい？」

「ええ、特には。機嫌は好さそうでしたし」

店主の質問に答えながら、青褪めた螢月《けいげつ》を振り返る。

「ずっと帰ってないの？」

明玉《めいぎょく》の声と、手にした茶碗の熱をひどく遠くに感じながら、螢月《けいげつ》はなんとか頷く。

「参ったねぇ……」

店主は溜め息混じりに呟き、額を掻いた。

参ったのはこっちだ。迷惑をかけているだろうと気を張って出向いたというのに、違う問題が浮上してしまった。しかもかなりの大問題ではないか。

「取り敢えず、街の衆に声をかけてみるかね。あの子は有名人だから、誰か見かけているだろう」

それでいいかい、と同意を求められるのへ「はい」と返事をするが、その声が震える。

いったい月香《げっか》は何処に行ってしまったというのだろうか。

遠方に親戚があるわけでもなく、近場に親しい人がいるわけでもない。この華宵《かしょう》楼《ろう》と自分の村以外で、他に行くようなところはない。

けれど、ここにはいないし、飛び出して行ってから村でも見かけない。夕鈴《ゆうりん》が一人で歩いているところを何度も見かけているので、孫家に厄介になっていることもない。

（どうしよう……）

螢月《けいげつ》は泣き出したい気分になった。

六　人捜し

　ぱかり、と瞼を開く。

　ぐらぐらと揺れ動く視界に広がったのは、見たことのない天井だった。

「――…気持ち悪い……」

　掠《かす》れた声で呟くと、ひょっこりと見知らぬ顔が視界に入ってきた。思わずギョッとする。

「起きた？」

　悲鳴を上げるよりも早く、同じ年頃と思わしき少女はにっこりと微笑んで尋ねると、答えを聞くよりも先に身を翻して声を張り上げた。

「兄さあぁぁぁぁん！　起きたあぁぁぁぁぁぁぁっ！」

　予想もしていないほどに大きな声だった。慌てて両手で耳を押さえてみたが、頭がぐらりとする。

（――…なに？　なんなの？）

　状況が呑《の》み込めないまま、耳の奥でキーンと鳴る不快な音にうんざりした。

あの少女はいったい何処の誰で、何者だ。ここはいったい何処なのだ。

「兄さぁ――」

「よしなさい」

再び張り上げる少女の大音声に身を縮めると同時に、別の声が割り込んできてやめさせた。今度は若い男の声だ。

「寝込んでいる人のすぐ傍で、そんな大きな声を出すもんじゃないよ」

呆れたような口調で話す声がだんだんと近づいて来て、さっきの少女と同じように上から覗き込むようにこちらを見下ろしてきたのは、やはり若い男だった。

「具合はどうだい？　痛むところはないかな？」

尋ねてくるのも先程と同じ柔らかい声音で、それを口にしているのも細面の柔和な優男だ。年齢は青瓢《せいしん》と同じくらいだろうか。

月香《げっか》は頷きながら様子を窺い、そろりと起き上がる。

「おっと」

起こしかけた上半身がよろめいたので、柔和な青年はさっと手を差し出して支えてくれた。月香《げっか》はその手に少し緊張して身体を強張らせたが、全身が怠《だる》いのでその支えに甘えることにした。

凝った細工の彫られた支柱の寝台に、美しい紗の天蓋がかかっている。布団も上等な絹のようで、月香《げっか》が着ているのも滑らかな肌触りの絹の寝間着だ。

「勝手に着替えさせてごめんね。汚れてたから」

「着替えさせたのは兄さんじゃないから大丈夫よ！」

さっきの少女が話に割り込んでくる。月香《げっか》は一瞬身を竦めたが、悪意は感じられなかったのですぐに居住まいを正した。

「自分が、行き倒れていたのは覚えている？」

青年は妹らしき少女を押しやり、窺うようにして尋ねてくる。

「はい。どなたか存じ上げませんが、ありがとうございます」

礼儀正しいきちんとした娘だと思わせなければ、と月香《げっか》は丁寧に頭を下げて見せた。

そう、と青年はホッとしたように頷く。

「じゃあ、自分のことはわかるかな？　倒れたときに頭を打って、自分のことを忘れてしまう人がいたりするのだけれど」

「はい。名前は、月香《げっか》です。白月香《はくげっか》」

「僕は徐潤啓《じょじゅんけい》。こっちは妹で――」

「虹児《こうじ》よ。よろしくね！」

また言葉を遮って入って来た。月香《げつか》は思わず呆気《あっけ》に取《と》られたが、気を取り直して笑みを浮かべる。

「助けてくださり、本当にありがとうございます。お陰でこうして生きております」

感謝の言葉を口にしてもう一度深々と頭を下げると、うん、と潤啓《じゅんけい》は頷いた。

「言葉に少し訛《なま》りがあるね。何処から来たの？」

その言い方にどきりとした。自分では普通に喋っていたつもりなのだが、田舎から出て来た者だとわかってしまうものなのか。

月香《げつか》は僅かに答えに躊躇ったが、この出会いはどうせ一期一会になる。素性を名乗ったところでなにも面倒にはなるまい、と素早く考えを巡らせる。

「西の……杷倫《はりん》という山をご存知ですか？」

「ああ、狩りが好きな人はよく行かれるところだね。有名だ。麓の街も、櫛作りで有名じゃなかったかな」

「その街から参りました」

潤啓《じゅんけい》は驚いたような顔になる。

「杷倫《はりん》から？」

素直に頷くと、更に驚いたようだ。

「そんなに遠くないといっても、結構距離があるよ。そこから歩いて来たの？　若い娘さんが一人で？」

「はい」

「へえ！　二、三日では済まなかっただろうに、あんな軽装で……」

その言い方から、やはり着替えを持っているくらいでは旅支度とは言えなかったのだろう、と思い至る。道中なにがあるかわからないのだから、干した肉などの携帯食くらいは持ち歩くべきだったのだ。

月香《げっか》は黙って俯き、小さく溜め息を零した。

そんな様子に、やはり道中はとても苦労を得たのだろう、と潤啓《じゅんけい》は同情したようだった。こちらも小さく息をつく。

「取り敢えずね、お医生《いしゃ》に見せたところ、怪我はなにも見当たらないし、病でもなさそうだから、目を覚ましたら飯を食わせろって言われたんだけど……なにか食べられそうかな？」

言われ、自分が相当腹が減っていることに思い至る月香《げっか》だ。自覚すると胃が音を立てた。行き倒れたのもたぶん空腹の所為だ。

その音を聞いて安心したように潤啓《じゅんけい》は笑い、立ち上がる。

「お粥炊いてもらってくるよ。粑倫《はりん》から何日食べてなかったのかわからないけど、少なくとも寝込んでいた三日は食べてないから」

三日も寝込んでいたのか、と何気なく零された潤啓《じゅんけい》の言葉に驚きつつ、身軽く出て行く後ろ姿を見送った。

そこでハッとする。

(私の荷物……母さんの簪！　手紙！)

慌ててあたりを見回していると、いつの間にか出て行っていたらしい虹児《こうじ》が盆を抱えて戻って来た。

「あ、あの、私の荷物は……っ」

「荷物？　手に持ってた袋はそこで、胸のとこに入ってたのはそこ」

虹児《こうじ》はさっさっと寝台の足許と枕の隣の小棚を指し示した。

小棚の上に草臥れた手紙と簪が置かれているのを見て、月香《げっか》は慌てて飛びつく。なにも変わったところがないのを確認してから、胸に抱え込んで安心した。失《な》くしていたら大変なところだった。

そんな月香《げっか》の様子を見ながら、虹児《こうじ》は茶碗を差し出す。

「はい、これ。胃の調子を整える薬湯だから、ご飯の前に飲んでおこう？」

わざわざ薬湯だなんて、と月香《げっか》は驚いて遠慮した。自分の家で薬草を育てたりしていくらでもあったが、高価なものであるので、酷い体調不良のときしか使わなかったし、少し絶食したくらいではいちいち飲んだりしない。

いいから、と言われて茶碗を受け取り、飲んでみるが——やはりなんとも言えない味だ。確実に不味い。

うえっ、と顔を顰めた月香《げっか》に、虹児《こうじ》はけらけらと明るい笑い声を零す。

「ねえ、月香《げっか》って年はいくつ？　私は十五！」

身軽く寝台の端に腰掛け、虹児《こうじ》は親しげに話しかけてくる。そんな気安い様子に、幼馴染《おさななじ》みの夕鈴《ゆうりん》の姿を思い出した。

「……同じ、十五」

「本当!?　嬉しいな。……あ、兄さんはね、二十なの」

ふうん、と頷きながら、確か青甄《せいしん》は二十だったな、と思い出す。やはり印象通りに同じくらいだったか。

「なんか変に落ち着いてて、お爺《じい》ちゃんみたいでしょう？」

「そう？　大人っぽくていいんじゃない」

「駄目よ。石頭だし、口煩《くちうるさ》いしさ」

そう言って大きく溜め息を吐き出し、唇を尖らせるので、月香《げっか》は思い出し笑いをしてしまう。その様子に虹児《こうじ》は首を傾げた。

急に思い出し笑いなんて失礼だったか、と月香《げっか》は謝り、理由を口にした。

「私にも姉さんがいて……あれしろこれしろ、あれは駄目これは駄目ってうるさかったな、と思って」

「そうなの！」

虹児《こうじ》は拳を握って身を乗り出す。

「いっつもね、細かいことまでいちいち本当にうるさいの。好き嫌いせずに食べろとか、手習いを怠けるなとか、木に登るなとか」

それはどう考えても虹児《こうじ》がいけなくて、受けて当然のお小言ではなかろうか、と一瞬思うが、口にはしないでおく。

そんな話を楽しくしていると、足音が近づいて来て、振り返れば潤啓《じゅんけい》の姿があった。

「楽しそうだね。笑い声が聞こえていたよ」

微笑みながら粥の載った膳を月香《げっか》の前に置き、お食べ、と勧めてきた。

目の前に美味しそうな匂いが漂ってきたら堪らなくなったが、月香《げっか》はお行儀よくちびりと粥を掬《すく》い、少しずつ口に運んだ。はしたなくがっつくわけにはいかない。

「月香《げっか》にも姉さんがいるんだって」

ちびちびと出来る限り上品に振る舞いながら粥を口に運んでいると、虹児《こうじ》が聞いた話を兄に報告している。へえ、と潤啓《じゅんけい》は頷いた。

「じゃあ、姉さんと逸れたのかい？」

その言葉にハッとする。

姉がいるのに遠方への一人旅だと怪しまれるのだ。抜かった。

月香《げっか》は顔を俯けて表情を悲しげに整えてから、匙《さじ》を下ろし、改めて顔を上げた。

「姉は……亡くなりました」

その言葉に虹児《こうじ》がすぐさま「えっ」と声を上げ、困惑気な表情を浮かべる。

「それは……悪いことを訊いてしまって」

潤啓《じゅんけい》も気不味そうだ。

いいえ、と月香《げっか》は首を振る。都合よく涙も浮かんできてくれた。

「姉といっても本当の姉ではなくて、幼い頃に私を引き取ってくださったお家のお姉さんだったのですけれど。とても優しくて、実の妹のように可愛がってくださいました。とても好きなお姉さんだったんです」

「お気の毒に」

痛ましげな顔になった虹児《こうじ》は、心中察する、と告げて肩を抱いてきた。目許を押さえながら、月香《げっか》も「ありがとう」と呟いて額を寄せる。虹児《こうじ》が更に強く抱き寄せてくれるので、同情は得られた、と心中で笑ってしまう。

「では、こちらには、親戚を頼って来たのかな？」

気不味そうな表情のまま尋ねる潤啓《じゅんけい》の言葉に頷き、手許に置いておいた簪と手紙を手にする。

「これは、亡くなった母の形見と、生き別れた父が母に宛てた手紙なのです」

瞳を潤ませて潤啓《じゅんけい》を見つめ、月香《げっか》は簪を握り締めた。

「母は、都の貴人の娘だったのですが、事情があって杷倫《はりん》へ辿り着いたらしくて……

私は、父の顔も知りません」

涙を頬に伝わせながら、月香《げっか》は潤啓《じゅんけい》に縋《すが》るような視線を投げかける。

「父を――鴛祈《えんき》という方を、ご存知ではあられませんか？」

手紙に書いてあった名前を尋ねると、潤啓《じゅんけい》は少し考え込むような表情になってから首を振った。

「申し訳ないけれど、心当たりはないな。けれど、そうか……生き別れのお父上を捜してここまで来たんだね」

月香《げっか》が人捜しをして都まで辿り着いたのだということを知ると、どうすることが最善であるか、と潤啓《じゅんけい》はすぐに考えてくれた。

まずは身体を治すことが先決である、ということで、よく食べて養生するように、と言ってくれた。その言葉に有難く従うことにして、月香《げっか》は食事をもりもりと頂き、しっかりと睡眠もとらせてもらう。

翌日にはすっかり元気を取り戻した月香《げっか》は、盛大に同情している虹児《こうじ》からあれこれと優しくされながら、潤啓《じゅんけい》が考えを纏めてくれるのを数日待っていた。

「月香《げっか》の着ていた袍《ふく》は洗濯してもらったんだけど、袖のところがほつれているの。繕ってもらう？」

乾いたから、と持って来てくれた着古した袍《ふく》を受け取り、月香《げっか》は繕い物の申し出は断った。代わりに裁縫道具を貸してもらうように頼む。

「お針子さんがやってくれるのに」

器用に繕い始めた月香《げっか》の手許を覗き込みながら、虹児《こうじ》は溜め息を零した。この徐《じょ》家には専属のお針子を二人程雇っているらしく、小さなほつれならすぐに直してくれるという。

いいのよ、と笑い、月香《げっか》も慣れた手つきであっと言う間に縫ってしまう。

出来上がったものに袖を通していると、虹児《こうじ》は感心したように溜め息を零した。

「月香《げっか》ってすごいのね」

「全然すごくないわよ。下働きの人がやってくれるあなたと違って、自分でやらないといけなかったから出来るようになっただけ」

帯を縛ってきちんと身支度を整え、髪を結おうとすると、虹児《こうじ》が櫛を手にした。

「髪やらせて。一度人のをやってみたかったの」

「ええ……まあ、いいけど。変な風にしないでよね」

「任せて！」

笑顔で鼻歌を歌いながら髪を梳いている虹児《こうじ》の様子を見ながら、まあいいか、と月《げっ》香《か》も笑った。

髪はいつも姉が結ってくれていた。夕鈴《ゆうりん》と結いっこするときもあった。

(でも――もう、そんなことはないのよね)

恐らくもう二度と会うことがないだろう二人の姿を思い浮かべながら、月香《げっか》はよく見えるように大切に置いてある簪と手紙を見つめた。

(鴛祈《えんき》という人が見つかれば、もう二度とあんな村に戻ることはないもの)

上手く見つかって娘として認めてもらえれば、もう二度と泥に塗れたあんな惨めな生活をしなくてもいい。美味しいお菓子を抓んで、綺麗な絹を纏って、優雅に暮らせることだろう。

もしも見つからなかったとしても、この街で働き口を探してもいい。ここは柳国《りゅうこく》の王都緑厳《ろくげん》だ。人が多ければ働き手も欲されているだろうし、同じ労働だとしても、鄙びた杷倫《はりん》より華やかな都《ここ》がいい。

月香《げっか》があれこれと考えを巡らせているうちに、虹児《こうじ》は作業を終えたらしい。自信満々に鏡を渡してくるので覗き込み、思わず吹き出した。

「なによ。駄目。駄目？」

「全然駄目。あんまりにもひどすぎる」

そう言って、なんの躊躇いもなく結い紐を解いた。ああっ、と虹児《こうじ》が恨めしげな声を上げるが、無視して梳き直す。

髪はいつも螢月《けいげつ》に結ってもらっていた。自分で結うことはあまりなかったので手際はよくないが、虹児《こうじ》が結ってくれたのよりは断然まともだ。

そんなことをしていると、潤啓《じゅんけい》がやって来た。だが、喪服を着込んでいる。

「うちね、今、喪中なんだよ」

どうしたことかと思ったら、そんなことを教えてくれる。ひと月ほど前に当主であった祖父が亡くなり、今は服喪で家に籠もっている期間なのだという。

行き倒れた月香《げっか》を拾ったのは、南の療養先に戻る母を見送った帰りのことだったらしい。

「送りの七日が過ぎたから、家の中でまで暗くしていることはないかと思ってね。でも、出かけるにはさすがに喪服を着なくちゃ」

ちょっと嫌そうに両袖をひらひらと振って見せる。

「それじゃ、月香《げっか》。手掛かりになる簪と手紙を持って、行こうか」

「何処へ？」

驚いて尋ねると、さらりと「捕吏庁《ほりちょう》」と答えられた。

「なんでそんなところに⁉」

月香《げっか》はギョッとして思わず大きな声を出してしまう。すぐにそれが不審な行動だったと気づき、驚いただけだ、と詫《わ》びを伝えた。

「捕吏《ほり》庁は市井の犯罪の取り締まりだけじゃなく、人捜しもしてくれる部署があるんだよ。そこに頼みに行こうと思ってね」

「そう、なんですね……」

「戸簿部省《こぼぶ》に行けばすぐにわかるかも知れないけど、さっき言った通り、喪中で登城が禁止されてるんだ。ごめんね」

ひと月の服喪期間は物忌みということで、神廟《しんびょう》も構える宮中に穢《けが》れを持ち込まないようにということになっており、余程の緊急事態でなければ出仕も控えるようになっているという。その期間があと数日残っているのだとか。

そういうわけで、すぐに力にはなれそうにもないから、取り敢えず捕吏庁《ほり》に付き添ってくれるということだった。

月香《げっか》は素直に感謝して、出かける用意を整えた。

役所が集まっている区画にある捕吏庁《ほり》までの道すがら、潤啓《じゅんけい》の役職の話を聞いた。

細面の優男で、口調や態度もおっとりとした雰囲気だというのに、文官ではなく武官なのだという。しかも衛士府の中でも花形の近侍部という世太子付きの武官だとか。

「家柄で選ばれただけでしょうよ」

意外に思っているとそんなことを笑いながら口にする。

「世太子殿下と年齢が近くて、武官としての腕はまあまあで、家柄もよかったらだいたい選ばれる部隊だよ。そんなに胸を張れるような立場ではないね」

「では、お人柄で選ばれたのでは？」

苦笑する潤啓《じゅんけい》に月香《げっか》は尋ねる。

「潤啓様《じゅんけい》は大変お優しい方だと見受けられますので、そこを見込まれたのでは？」

「嬉しいことを言ってくれる」

そう言って軽やかに笑う。月香《げっか》は僅かに頬を染めた。

潤啓《じゅんけい》は己をそのように評価していたが、捕吏《ほり》庁に着いて名前を言えば、門番をしているような下級武官でも素早く姿勢を正して中に通してくれる。役職ではなく名前でこうなのだから、花形部署に配属されているのはやはり実力なのだろう。

お陰で月香《げっか》もなかなかに丁寧な扱いを受けられた。潤啓《じゅんけい》が席を外したら途端に少々威圧的になりはしたが、取り敢えず話は最後まで聞いてくれた。

「――…名前だけだとねぇ……」

担当してくれた毛《もう》という三十前後くらいの男は、月香《げっか》の話を書きつけた紙を見ながら溜め息を零す。

「難しいですか？」

「そりゃあね。年齢もわからん、苗字《みようじ》もわからん、住んでいる場所もわからん。しかも二十年近く前のことで、生死もわからんとなれば……まあ、相当難しいね」

住んでいた場所か家名がわかれば、戸籍から辿れたかも知れない、と毛は言った。

月香《げっか》は頷きながら溜め息を零す。一応は予想していたこととはいえ、はっきり「難しい」と言われてしまうと、少々落ち込む。

「——…で、お母さんの名前はなんだっけ？」

「月蘭《げつらん》です。董月蘭《とうげつらん》。名家のお嬢様だったみたいなんですけれど」

「名家……董《とう》家……」

呟きながら書きつけていく。その毛の手許を月香《げっか》はそっと覗き込んだ。

「董《とう》一族も、まあ有名な家だからね。そっちから当たる方が早いかも知れないね」

「よろしくお願い致します」

頭を下げる月香《げっか》に頷きながら、ああ、と毛は思い出したように手を打つ。

「そういや二十年くらい前に、焼き討ちに遭ったのも董《とう》家だったな」

「やっ、焼き討ち⁉」

不穏な言葉に月香《げっか》は震え上がる。うん、と毛は続けた。

「世太子殿下のお怒りを買ったとかで、当主は首を切られて、屋敷は焼かれたんだよ。俺がまだガキの時分さ」

綺麗なお嬢様がいることで有名な家だった、と毛は懐かしむように呟いた。

まさか、と月香《げっか》は思う。

周囲が口を揃えて褒めそやす月香《げっか》の美貌は母譲りだ。今はだいぶ疲れて老け込んだ顔をしているが、母が月香《げっか》ぐらいの年頃だったら、それこそ名が通るような存在だったに違いない。

その焼き討ちに遭った家が母の生家だとすると、祖父母はとうに亡いということだ。これは意地でも鴛祈《えんき》かその親族を捜さねばならないぞ、と月香《げっか》は思った。そうでもなければすべての計画は水の泡だ。月香《げっか》は生きていく為に、職を求めて働かなければならなくなる。

そんなのは嫌、と唇を噛み締めた。

働くならばこの華やかな王都がいい、と思いもしていたが、やはり嫌だ。使用人を指先ひとつで動かし、月香《げっか》はただ微笑みながら優雅に暮らしたいのだから。

「なんとしてでも見つけてください」

月香《げっか》は毛に懇願した。

当初からあまりやる気が見られなかった毛だが、やはり少し面倒臭そうな顔をしながら、月香《げっか》の簪を取り上げる。

「徐《じょ》家の若様の依頼だし、取り敢えず手は尽くしてやるよ。これは何日か借りるな」

その言葉に月香《げっか》は顔色を変えた。

「嫌です！　大事なものだもの！」

盗《と》られて堪るか、と手を伸ばすと、毛はひょいっと高いところに持ち上げてしまう。

「待て待て。落ち着け。これは母親を証明するもので、父親なら知っているかも知れないものなんだろう？　絵師に頼んで描き写すんだよ」

「描き写す？」

「そうだ。こういう役所には記録係がいてな、文書に残す書記官の他に絵師もいる。証拠品なんてこの世にひとつきりなんだから、大勢で捜したりしなけりゃならないときは、そういう絵師に描き写してもらったものを持って、市中に聞き込みに回るんだよ」

わかったか、と言われ、月香《げっか》は頷いた。

だから簪は何日か預かることになる、と言われ、渋々了承する。

不満顔の月香《げっか》を聴取室の外へ送り出し、やれやれ、と一息ついた毛の許に同僚が血相を変えて駆けつけて来た。

「お前、なにしてたんだよ」

「なにって、陳情の受け付けをしてただけだよ」

完全に業務作業だ。隠れて遊んでいたわけではない。

「何時だと思ってるんだ、莫迦！　練兵場に召集かかってただろう！」

その言葉にハッとし、毛は慌てて書きつけと簪を懐に仕舞い込む。

そうだ。今日は午後から王自らがお忍びで視察に来るので、固定持ち場がある者以外は練兵場に集合しておくように、と通達を受けていたのだ。

真っ青になって練兵場に駆け込むと、国王一行は既に到着していて、免除された者達以外は全員集まって整列しているようだった。

「なにをしておった！」

即座に上官からの叱責が飛んで来た。毛は素早く姿勢を正す。

「はい！　市民からの陳情を受けておりました！」

「言い訳はいらん！」

「はい！　申し訳ありません！」

制裁の拳が飛んで来ることを覚悟した毛の耳に、静かな「よい」という声が飛び込んで来た。

その声に上官はギクリとし、慌てて振り返る——国王弘宗《こうそう》がこちらを見つめていた。

「職務を全うしていた者を責めるな。時間に遅れたのは、その者がきちんと民の言葉に耳を傾け、丁寧に聞いてやっていたからであろう」

王からの優しい言葉に毛は畏まった。

上官からはいつも唯々文句を言われているのに、叙任式のときに遠目に見ただけの雲上人が、自分の仕事態度を認めてくれている。それがなんとも嬉しい。

「どんな陳情であった？」

仕事ぶりを聞きたい、と王は更に問いかけを続けた。毛は更に畏まった。

「恐れながらお答え申し上げます。若い娘が、生き別れた父親を捜しておりました」

王は頷いた。先を促されているようにも感じたので、毛は懐から調書を取り出した。

「娘は、母の形見の簪を手掛かりに父親を捜したいと申しておりまして、そちらを預かっております。聞き取ったことはこのように調書に纏めておりまして……」

毛が差し出したものを王の侍従が受け取り、王へ差し出す。王はそれを手に取って、調書とはどのように書くものなのか、と頁《ページ》を捲《めく》った。

「人捜しなども請け負うのだな」

「はっ。別の犯罪に巻き込まれている場合もありますので、行方不明者の捜索も訴えがあれば積極的に行っております」

感心したように呟く王の言葉に、上官はへこへこと頭を下げながら答える。嘘をつけ、と何人かがこっそり顔を顰めた。行方不明者の捜索は面倒なのでほとんど手つかずだ。

調書を眺めていた王の表情が急に険しくなる。

常に傍らに在る侍従だけがその微妙な変化に気づき、怪訝そうに顔を上げた。

「陛下……？」

「その簪も見せよ」

侍従の問いかけを無視して王は毛に告げる。

命じられた毛は一瞬戸惑った表情をしたが、すぐに簪も取り出し、侍従へと渡した。

それを王が手ずから奪い取る。

「この娘をここへ連れて来い」

呆気に取られる侍従や武官達を無視して、王は言い放つ。

しかし、状況の呑み込めない周りの者達は困惑を得るばかりで、咄嗟《とっさ》に動くことが出来ない。顔を見合わせ、王はなにを言ったのか、と首を傾げて振り返る。

その様に王は「早うせい！」と怒鳴りつけた。

月香《げっか》の顔がわかる者は毛だけだ。わっと走り出し、慌てて施設内を捜し回る。

すると、丁度門から出て行こうとする後ろ姿があった。

「さっきの！」

名前が思い出せなくて、取り敢えず叫ぶ。

「えーっと、父親捜しの娘さん！」

その声に月香《げっか》が足を止めて振り返る。慌てて走って来る毛の姿を見て、あら、と驚いたような顔をした。

「なにか伝え忘れでも？」

息せき切って追いついて来た毛に、月香《げっか》は小首を傾げる。訊かれたことにはすべて答えたし、一時預かりになっている簪を返すにしてもまだ早いだろう。

「そのことで、あんたに会いたいっていうお方が」

大きく息を整えながら毛は答えた。

さっきの今で、と怪訝そうにする月香《げっか》と潤啓《じゅんけい》に、毛は「偶々《たまたま》お越しになっていて」と言葉を濁しながら答える。王の視察は内々のことなのだ。

「行っておいでよ」

胡散臭《うさんくさ》いものを見るような目つきになっている月香《げっか》に、潤啓《じゅんけい》は優しく促す。

「心当たりある人がきみの話を彼から聞いたんだろう。偶然が重なって幸運だった、と思っておきよ」

早く見つかればそれだけ嬉しいことではないか、と言われ、確かにその通りだ、と月香《げっか》は頷いた。

ここで待っているよ、と言ってくれた潤啓《じゅんけい》と別れ、毛に連れられて建物の奥へと行く。

人違いだったらどうしよう、と思うが、こんなに早く見つかるような幸運などないに決まっているので、それはそれで仕方がないと思おう。がっくりと気落ちしないようにだけ覚悟を決めておけばいい。

毛のあとを追って来たらしい武官が、何処其処《そこ》の部屋に行け、と告げ、毛は頷いた。

「この部屋だ」

奥まった広そうな部屋に辿り着くと、毛はそう言った。

月香《げっか》が頷くのを待って戸を叩くと、すぐに中から開かれ、入室を促される。

「二、三歩行ったところで跪《ひざまず》いて頭を下げて」

立ち並ぶ武官の人数と物々しさに腰が引けた月香《げっか》に、毛が後ろから囁きかけてくれる。

そんな離れたところから頭を下げねばならないだなんて、どんな高位の人間なのだ。こちらに背中を向けて立っている男の姿を見て、何者だ、と恐ろしく思いつつも、月《げっ》香《か》は毛の助言に静かに頷いた。

言われた通りに跪いて頭を下げると、お付きらしき男が咳払いをする。

「こちらの御方が尋ねられることに、嘘偽りなく答えよ」

「は、はい」

緊張して声が上擦ったがなんとか頷くと、顔を上げていい、と言われた。

「この簪を、どうやって手に入れた？」

正面の男は背を向けたまま、月香《げっか》の簪を見せてきた。

「亡くなった母の物です。形見として、ずっと大事に持っていました」

「母の名は？」

「月蘭《げつらん》と申します」

母の名を出すと、簪を持つ男の手が僅かに震えた。

その瞬間、月香《げっか》は確信した。この男が『鴛祈《えんき》』なのだと――

(生きていたんだ……っ)

月香《げっか》は歓喜に打ち震える胸の内を押し隠しながら、見知らぬ人に囲まれて緊張と共に怯《おび》えた村娘としての表情を取り繕った。

「あの……お大尽様は、母をご存知なのですか？」

程よく震える声で尋ねると、お付きらしき男が「これ！」と窘めるような口調で怒るが、背を向けている男がそれを手振りひとつでやめさせ、そこでようやく振り返った。

「娘よ、年はいくつになる？」

「十――」

答えかけてハッとして、月香《げっか》は唇を嚙み締める。そうして呼吸を整えてから、

「十八になりました」

と答えた。姉の年齢だ。

男は月香《げっか》をじっと見つめてくる。月香《げっか》は時折視線を逸らしながらも見つめ返した。

「名前は？」

男の問いかけは静かに続く。

来た、と思った。この問いかけを待っていたのだ。

月香《げっか》はすっと背筋を伸ばし、今度はしっかり男の目を見つめた。

「母を亡くしてからは、白月香《げっか》と呼ばれていました。けれど、本当の名前は――萌《ほう》梅《ばい》」

その名を口にした瞬間、男の姿勢が僅かに揺らぐ。

月香《げっか》はもう一度口を開いた。

「萌梅《ほうばい》と申します。あなた様は、私の父を——もしくは母、月蘭《げつらん》を、ご存知でしょうか？」

ああ、と男は悲鳴のような苦しげな声を零した。そうして両手で顔を覆い、頽《くずお》れる。お付きらしき男が「主上！」と驚いたような声を上げながら駆け寄るのを見て、月《げっ》香《か》はギョッとする。

（……主上？）

まさか、と内心青くなる。そんな呼ばれ方をするのは国の中で一人だけだ。

月香《げつか》の驚愕《きようがく》と困惑をよそに、男はふらりと立ち上がると、こちらにやって来た。震える手がゆっくりと頬に伸びてきて、宝物に接するかのように、そっと優しく触れてくる。

「ああ、萌梅《ほうばい》……お前が余の娘。ずっと会いたかった……」

柳国《りゆうこく》十七代国王弘宗《こうそう》、名を蔡鴛祈《さいえんき》——それが、母が嘗て愛した男だった。

七　公主

目が覚めても、まだ夢の中にいるような気分だった。

天蓋から下がる美しい薄絹の幕が、朝の陽射しを柔らかく引き込んでいる。

空気に埃っぽさや黴臭《かびくさ》いところはなく、何処かに花が活《い》けてあるのか、優しい甘さの中に胸のすくような清涼感のある香りがする。

「お目覚めですか、公主様」

起き上がって深呼吸していると、薄絹の幕の外から声がした。

「公主……？」

月香《げっか》が思わず首を傾げると、先程の声が微かに笑う。

「まだお慣れにはなられませんよね。あなた様のことでございます、萌梅《ほうばい》公主様」

そこまで言われてハッとし、月香《げっか》は幕を手で払った。

寝台の外には、綺麗に着飾った女官達が十人ばかり控えていた。

「よくお眠りになられましたか？」

先頭にいた年嵩の女が尋ねてきた。先程の声の主だ。

月香《げっか》が頷くと、女は優しく微笑んで「それはよかった」と頷き返した。

「こちらへお出《い》でくださいまし。お着替えをして、朝餉《あさげ》に致しましょう」

女に招かれるままに月香《げっか》は寝台を滑り下り、女官達の輪の中へと足を踏み入れた。

女官達は驚くほど手際がよく、なにも言葉を発しないでいても素早く月香《げっか》に洗顔の為の水を差し出し、顔を拭く為の布を差し出し、振り返ったときには、着替え一式を手にして整然と控えていた。

明け始めの空のような淡い紫の襦裙《きもの》を差し出され、月香《げっか》は双眸を瞠る。

「なんて美しい衣なのかしら！」

思わず感嘆の溜め息と共に呟くと、女官達は優しく微笑みかける。

「公主様の為のお衣裳《いしょう》です」

「お似合いになるものを、と陛下がご用意くださいました」

陛下——と聞き、月香《げっか》は吐息を漏らす。

「あの方が、私の父なのね」

月香《げっか》が名乗ると涙を流して喜んでくれた男。ずっと会いたかった、と言ってくれた声は、涙と歓喜に震えていた。

確かめるように呟くと、女官達は微笑んで頷き返す。

「陛下は、この二十年近くの間、ずっとずっと公主様をお捜しになっておりました」

月香《げっか》に美しい襦裙《きもの》を着せかけながら、先程の年嵩の女官——美峰《びほう》という名らしい女がそう告げてきた。

曰く、母の恋人であった鴛祈《えんき》が戦地に赴いている間に、母の家は謂《いわ》れなき罪で焼き討ちに遭った。その報を受けたのは事件から半月以上も経った後のことで、鴛祈《えんき》はあまりのことに絶望したということだった。

そのときに、焼け跡から見つかった遺体の数が合わないということと、火を放たれる少し前に屋敷を出た者がいるらしいという話を聞き、それはもしかすると月蘭《げつらん》ではないか、と僅かな希望を抱いて行方を捜し続けていたのだという。

「玉座に就かれてから十六年——即位後にご正妃をお迎えになられはしましたが、その御心はずっと月蘭《げつらん》姫の許へ寄せられたままでございましたよ」

両目を潤ませた美峰《びほう》はそう言って微笑んだ。

そう、と月香《げっか》は頷き、こちらも微笑み返した。

（麗しき純愛ってことね）

王妃がいることは、一国民として当然知っていた。そちらに慮《おもんぱか》って「こんな娘は知らない」と言われないでよかった。その点に関しては、心の奥を占めていたらしい母に感謝しなければなるまい。

着替え終えてきちんと髪も結ってもらい、月香《げっか》は自分の姿を見て歓喜に打ち震えた。

「まあ……！　まるで、天女様みたい！」

思わず零してしまった声にハッとして頬を染めると、女官達はにこにこと笑みを向けてくれる。

「ええ、天女様のようですわね」

「本当に。とてもお美しいですわ、公主様」

「陛下がお選びになったお衣裳もよくお似合いで」

口々にそんなことを言われるので、月香《げっか》は内心で気をよくしながらも、恥じらって見せる。

「自分を天女だなんて、言い過ぎました……。あまりにも綺麗なお衣裳で、素敵で、それが嬉しくて……」

両手で顔を覆って俯くと、女官達から優しげな笑い声が漏れてくる。

「そのように恥ずかしがらないでくださいまし、公主様。本当にお美しくていらっしゃいますし、喩《たと》えではなく天女様のようですよ」

（当然じゃない）

月香《げつか》は称賛の声を聞きながら、覆った手の内でにんまりと笑みを浮かべる。

田舎だったとはいえ、そこで月香《げつか》は一番の美少女と謳《うた》われていた。誰もが口を揃えて可愛い可愛いと言ってくれていたし、将来が楽しみだ、という声はいったい何人から聞かされてきたことか。

そんな美しい自分が、接ぎの当たった襤褸を着ていることが本当に嫌で堪らなかった。

(これからは、この綺麗な襦裙《きもの》も、豪華な簪も櫛も、みんなみんな私のものなのよ。これを纏うのが当然の暮らしになるのだわ)

そろりと指の隙間から鏡を覗き込み、今まで見たことも触ったこともないような高価なものを身に着けている自分を見て、心から満足した。

(ほら。姉さんよりも、私の方がずっとずっと似合ってる！)

服装にも髪型にも無頓着で地味な姉よりも、美人な母に似た自分の方が、この美しい衣裳もなにもかもがとてもよく似合っている。まるですべて月香《げつか》の為に誂《あつら》えたようだ。

月香《げつか》はもう一度にんまりする。これこそが月香《げつか》の望んでいた姿なのだ。

用意された朝餉も素晴らしく豪華だった。

昨夜の夕餉《ゆうげ》も卓の上に所狭しと並べられた皿数に驚いたが、朝もそれと同じくらいに並んでいる。いつも粥と主菜のなにかが一皿並ぶだけの食事をしてきていたので、今までのそれがどれだけ貧相な食事だったのか改めて思い知らされる。

そのすべての料理は月香《げっか》の為だけに用意されたものだ。遠慮なくすべてをぺろりと平らげる。いつもいつも少ない食事を四人で分け合っていて、とてもひもじかったのだ。

すべて綺麗に食べてしまって満足していると、女官の何人かが少し呆気に取られたような顔でこちらを見ていることに気づいた。

さっと頬を染め、月香《げっか》は申し訳なさそうにしてまわりを見回した。

「あの……ごめんなさい。残したら叱られると思って……」

そうして涙ぐんで見せると、まあ、と美峰《びほう》が痛ましげな表情になる。

「そのようなご心痛を与えていたとは知らず、申し訳ございません。食べられるだけでいいのですよ。遠慮なくお残しになって、下げ渡してくださってもいいのです」

「でも、とても美味しかったので、残すのももったいなくて。意地汚かったですね」

「決してそのようなことはございませんよ。とても有難いお言葉、厨《くりや》の者も喜びましょう」

悲しげにしている月香《げっか》に向かって美峰《びほう》は微笑み、感激したように頷いた。

ありがとう、と月香《げっか》も頷き、そっと微笑む。

美峰《びほう》はすっかりと『憐《あわ》れな村娘だった素直な公主』に気を許しているようだ。見つめてくる瞳が限りなく優しく、まるで赤子を見守る母親のような雰囲気だ。

どうやら彼女がこの女官達のまとめ役であるようなので、このまま彼女を味方につけてしまうことが、月香《げっか》がここで安全に暮らしていける第一歩だろう。

(王の娘というだけでは、きっと苦労するもの)

偉い身分の者の子供だからといって、それだけでいい思いが出来ないことくらいはわかっている。皆から尊敬を集める人望の厚い村長の娘である夕鈴《ゆうりん》でも、村でそんなに特別扱いは受けていなかった。

王宮という場所がどんな環境かなど知らないが、突然現れた賤民《せんみん》が主人となって面白く思わない人間の方が多い筈だ。表には出さずとも、心の内では絶対に反発がある。そういったものを上手く躱す為にも、月香《げっか》は女官達から早急に信頼を勝ち得る必要があったのだ。

大満足の朝餉を終えて一息ついていると、鴛祈《えんき》からの呼び出しがあった。話がしたいそうだ。

月香《げっか》は嬉々として応じ、指示された廟《びょう》へと急いで参じた。

「萌梅《ほうばい》」

やって来た月香《げっか》に、鴛祈《えんき》は笑みを向けて手を差し出した。

月香《げっか》はその手に向かって駆け寄り、そこでハッとしたように足を止めた。

「どうした？」

突然足を止めた様子に鴛祈《えんき》は首を傾げる。月香《げっか》はちらりと控えめに視線を送った。

「あの、お……お父様、と……お呼びしても、よいものでしょうか？」

窺うような躊躇いがちの言葉に、鴛祈《えんき》は胸が締めつけられるほどの歓喜を抱く。

「もちろんだとも！　さあ、もっと傍に」

「はい、お父様！」

満面の笑みを浮かべて駆け寄ると、鴛祈《えんき》は月香《げっか》の両頬を包み込むように触れてくる。

「お前は本当に蘭々《らんらん》によく似ている……なんと嬉しい奇跡か」

双眸を潤ませながらそう呟き、月香《げっか》の顔を覗き込む。その表情がなんとも嬉しそうで、本当に心から『萌梅《ほうばい》』に会いたかったのだな、と月香《げっか》は思った。

けれど、あまり近いところから見つめられるのは、少々都合が悪い。

月香《げっか》の顔立ちは母にとてもよく似ているが、唇の肉が薄いところと、少し金がかったような不思議な色合いの瞳は父譲りなのだ。間近で覗き込まれたら気づかれてしまう。

不自然にならない程度に双眸を笑みの形に細めて応じていると、満足したのか、鴛《えん》祈《き》はゆっくりと離れて行く。

月香《げっか》がホッとして姿勢を正すと、鴛祈《えんき》は目の前の祭壇を示した。

「ここは我等の先祖が祀られている廟だ。さあ、お前が無事に帰ったことを、ご報告しておくれ」

「はい、お父様」

線香を受け取って祭壇に捧《ささ》げ、月香《げっか》は跪いて丁寧に頭を下げた。その様子を鴛祈《えんき》は満足気に眺めていた。

礼拝が終わると、鴛祈《えんき》は廟堂の奥へと月香《げっか》を促す。言われるままについて行くと、坪庭のようになった場所に、大きな柳の樹があった。

「この樹はな、我が家の守り神なのだよ」

幹もしっかり太く立派な樹だ、と見上げていると、鴛祈《えんき》がそう言った。

「その昔、我等の祖先が戦に出る際、加護を願って家の裏手に生えていたこの樹に祈りを捧げると、棲《す》みついた神仙が出て来て葉を一枚渡し、それを護符にせよ、と告げたという。その通りにしたらば戦では大戦功を挙げ、しかも無傷で帰還したのだ」

それ以来、この樹を御神樹として祀っている、と鴛祈《えんき》は説明した。なるほど、と月《げっ》香《か》は頷き、鴛祈《えんき》の横顔を見上げる。

「では、とても大切な樹なのですね」

「そうだ。末代まで祀り、決して傷つけてはならぬ」

真剣な声音で告げられるのへ、はい、と頷いて笑みを向けた。

(たかが樹じゃない。馬鹿みたい)

身分の高い者は迷信深いところがあると聞いたことがあるが、本当のことだったようだ。

ご利益があるのかなんだか知らないが、ただの古い樹にしか見えない。国を興す前から存在しているというのなら、軽く五百年は生きていることになる。そろそろ寿命で朽ちてくるのではなかろうか。

もしも朽ちてしまったらどうするつもりなのだろうか。神仙の守りがなくなったと嘆き、没落してしまうとでもいうのだろうか。馬鹿らしい。

そんなことを思った月香《げっか》だったが、表情には出さず、にこにこと見上げていた。優しく素直な娘に見える方が馴染《なじ》みやすいだろう。

月香《げっか》の本性など知らぬ鴛祈《えんき》は、まっすぐに柳を見上げている娘の横顔に笑みを向け、話を続けた。

「それ以来、戦に出るときは必ず葉を一枚懐に忍ばせて護符とし、今では、こうして身体に直接描き込むことにしている」

さっと袖を捲って鴛祈《えんき》は右の腕を見せる。それを見て、月香《げっか》は小さく息を呑んだ。

鴛祈《えんき》の右腕の、肘の少し下のところには、柳の葉らしき紋様が描かれていた。

それを月香《げっか》はよく知っている。

（葉っぱのおまじないだわ！）

見間違える筈がない。これと同じものを小さい頃から何度も目にしているのだから。

姉である螢月《けいげつ》の首の後ろにも同じ絵が描かれている。

母は、赤ん坊の頃に虚弱だった螢月《けいげつ》が無事に育ちますように、と願いを込めて呪いを施したのだと言っていたが、本当は違ったのだ。この家に伝わる習わしに従っただけだったのだろう。

なんということだ、と月香《げっか》は思った。

まさか、まさか、と思っていたが、本当に姉は父以外の男の子供だったのだ。彼女こそが本当の『萌梅公主《ほうばいこうしゅ》』だったということだ。

月香《げっか》は静かに唇を噛み締め、袖の中で拳を握り締めた。

（やっぱり、姉さんが……）

改めて思い知らされると、ますます腹立たしい。

何故姉が——髪もぼさぼさで、服もいつも汚していて、陽に焼けるのも厭《いと》わずに畑に出ているようなあの姉が、高貴な身分なのか。月香《げっか》の方がよっぽど美しい容姿で立ち居振る舞いも優雅で、綺麗な衣裳や小物が似合うというのに。

（でも、なにも心配はいらないわよ）

月香《げっか》は鴛祈《えんき》に『萌梅公主《ほうばい》』として認められた。母が直接訴え出て来ない限り、これは覆ることがないだろう。

彼は面白いくらいにまったく疑わず、月香《げっか》のことを自分の娘だと信じている。それもこれも、母によく似たこの顔立ちのお陰だろう。それだけは心から感謝せねば。

「お父様」

月香《げっか》は葉の刺青から目を上げ、鴛祈《えんき》の顔を見つめた。

「萌梅《ほうばい》は、この彫り物をしておりません」

「そうか……」

鴛祈《えんき》は少し残念そうな表情になり、苦笑しながら袖を直した。

「それも仕方があるまい。彫り物など、普通は罪人に入れるものだ。誰が望んで我が子にそんなものを施すか」

娘の柔肌に一生消えないものを刻みつけるのを躊躇ったのだろう、と言い、仕方のないことだ、ともう一度呟いた。

月香《げっか》はそんな鴛祈《えんき》の腕をそっと掴む。

「……今からでも、遅くはないでしょうか？」

「うん？」

言葉の意味を求めて首を傾げる鴛祈《えんき》に、月香《げっか》は瞳を潤ませた。

「今からこの葉を描いても、遅くはないでしょうか？」

哀として訴えかけると、鴛祈《えんき》は明らかに驚いたように双眸を瞠る。

「遅いことなどはないだろう。しかし、この白い肌をわざわざ傷つけるようなことを……」

もったいない、と言いたげに言葉尻を濁す様子に、月香《げっか》はすかさず「いいのです」と詰め寄る。

「お父様と同じものを、同じ場所に、描いてみとう存じます。お父様と、この萌梅《ほうばい》が親子なのだと、そう思えるように」

瞳を潤ませながらそう告げると、鴛祈《えんき》は感極まったように唇を引き結ぶ。そうして、素早く月香《げっか》を抱き寄せた。

「このようなものなどなくとも、お前はわたしの娘だ」

月香《げっか》も鴛祈《えんき》を抱き返し、涙に震える声で「お父様」と囁いた。

「もっと小さいときに……生まれたときに、こうしてお前を抱き締めたかった」

涙声で零される鴛祈《えんき》の言葉に、はい、と月香《げっか》も頷き返した。

「この十八年、会えずにいてすまなんだ」

「いいえ」

「けれど、一日たりとも、お前と蘭々《らんらん》のことを思わぬ日はなかった」

「私もです、お父様」

頷き返しながらひっそりと笑みを浮かべる。

「私も、お父様にいつか会える日をと、ずっと願っておりました」

その言葉を聞いた鴛祈《えんき》は、堪えきれずに嗚咽《おえつ》を零し始めた。

何度も「すまぬ」と囁かれる濡《ぬ》れた声音に、月香《げっか》は見えないように笑みを浮かべながら、静かに頷き返していた。

鴛祈《えんき》とは毎朝行う廟参りを一緒にする約束をして、後宮に与えられた自分の部屋に戻った。こうして毎日接触するようになれば、鴛祈《えんき》は月香《げつか》を娘としてもっと愛してくれる筈だ。

しかし、それ以外にやることはない。

鴛祈《えんき》からも「しばらくゆっくり過ごしなさい」と今までの苦労を労《いた》わる言葉をもらったので、この綺麗なお部屋で悠々自適に三食おやつ昼寝付きの生活を堪能《たんのう》させてもらおうと思う。今まで家事やなにやらで散々頑張ってきたのだから問題なかろう。

優しい女官達に囲まれて美味しいものを食べながら、のんびりと五日ばかり過ごしていると、今度は王后から私室への呼び出しがあった。

王后──国王弘宗《こうそう》の正妃であり、王の私的空間である後宮を取り仕切っている女性だ。

そんな人が何故、などと思うことはない。自分の夫が別の女に産ませた子供のことが気になったからに決まっている。

恐らく月香《げつか》は、その人を「お母様」と呼ばなければならなくなる。そして、この王宮で暮らしていく為には、彼女に嫌われてはならないのは絶対だ。

可愛らしく振る舞って甘えればいいか、それとも瞳を潤ませながら今までの窮状を嘆き訴えればいいか、と王后に対しての態度を考えている月香《げつか》のまわりで、女官達は真っ青になっていた。早く早く、と急かされて身支度を調えさせられる。

そんなに慌てていったい何事かと思えば、後宮の長である王后へ一言の挨拶もしていなかった、ということらしい。つまり、月香《げっか》はかなり礼を失していたそうだ。

国王の娘である公主でも、王后に対しては下手に出なければいけないのか、と月香《げっか》は学んだ。なので、王后に対しては変に媚《こ》びた態度を取らずに、後宮内の規範に疎い憐れな村娘の態でいこうと決める。ただし、卑屈にはならず、明朗快活な愛らしい娘として振る舞うのだ。そういう明るい性格の方が受けはいい。

大急ぎで身支度を整えて王后の私室を訪ねると、部屋の外にも中にもずらりと煌《きら》びやかな女官が立ち並び、月香《げっか》を圧倒してきた。

しかし、この程度に負けていてはならない。月香《げっか》はきゅっと唇を引き結んで顔を上げ、挑むように前をしっかりと見据えた。

通された部屋の奥には、三十代半ばかもう少しいった年齢らしい見た目の女が一人、ゆったりと腰かけている。彼女が王后・湘朧玉《しょうろうぎょく》だ。

こういう場合はなんと挨拶をするべきか、と考えながら膝をつくと、女は「よい」と告げた。

「堅苦しい挨拶などいらぬ。近《ちこ》う」

「はい」

ひらひらと招かれる動きに合わせて近づいて行くと、用意されていた椅子を示された。

礼儀作法などよくわからない月香《げっか》は、取り敢えず「失礼致します」と断ってから頭を軽く下げ、腰を下ろさせてもらう。すぐに茶菓子と茶器が運ばれて来た。

飲むように勧められたので茶碗を手に取り、優しい香りのするお茶を啜る。味の善《よ》し悪《あ》しはよくわからないが、香りはとても好いと思った。

お菓子も見たことがない焼き菓子らしきもので、取り敢えず手にしてみる。ひと口では入らなさそうだったので適当に割り、ちびりと齧《かじ》ってみると、中には干した果物らしいものが入っていた。とても甘い。

「月蘭《げつらん》の娘とな」

ぺろりと平らげてしまってから、もうひとつ食べてもいいものだろうか、と考えていると、言葉をかけられる。

お菓子へ向いていた手を引っ込め、姿勢を正して「はい」と頷いた。

「確かに、よう似ておる」

正面から見据えてそう呟くと優雅に口許を隠し、こちらもお茶を啜った。

「月蘭《げつらん》とは、幼友達であった」

控えている侍女に茶碗を渡しながら、朧玉《ろうぎょく》は呟く。

「王陛下と月蘭《げつらん》は相思相愛で、誰もが皆、お二人が結ばれることを疑いもせなんだ」

過ぎし日々のことを思い返しているのか、朧玉《ろうぎょく》の視線は月香《げっか》を捉えつつも、何処か遠くの方を見ているようだった。

「故に、あれは——悲劇としか言いようがなかった」

そう呟いたところで表情を歪め、今度はしっかりと月香《げっか》を見つめてくる。

彼女の言う『あれ』とは、捕吏《ほり》庁の毛が言っていた董《とう》家の焼き討ちのことだろう。

その事件の所為で、母は鴛祈《えんき》と別れねばならなくなったのだと思われる。

月香《げっか》は頷くこともなにも出来ずに、思い出話を始めている朧玉《ろうぎょく》のことを見つめ返した。ここは素直に聞き入っておくのが得策だろう。

朧玉《ろうぎょく》はしばらくの間、自分と月蘭《げつらん》がどのように仲がよかったのか、彼女はどんな少女だったのかを語り、懐かしむように目を細めた。月香《げっか》はただただ静かに聞き入り、時折勧められるままにお茶で喉を潤し、茶菓子を口にした。

しかし、途中で退屈してくる。

母の過去になどまったく興味はないし、月香《げっか》の知っている母の姿からは結びつかないような利発で闊達《かったつ》な少女の話をされるので、ますます他人事《ひとごと》のように感じてしまうのだ。

それでも、飽き飽きしていることを悟られまいと時折笑ってみたり、驚いたりして見せながら、思い出話に聞き入っている振りを演じた。可愛らしく従順で屈託ない娘である方が好感を持ってもらえるだろう。

そうして、ようやく話すことが尽きてきたのか、朧玉《ろうぎょく》はゆっくりと口を閉じた。切れ長の一重の瞳が、じっと見つめてくる。

「萌梅《ほうばい》――といったか」

改めて名を尋ねられ、月香《げっか》はすぐに頷いた。背筋をぴんと伸ばす。

「齢《よわい》は幾つになった？」

「十……んんっ、十八です。失礼しました」

年齢を尋ねられるのはまだ慣れない。本当の年齢を告げそうになり詰まってしまうが、噎《む》せた振りをして咳払いで誤魔化した。

「そうか。十八か……もうそんなに経ったのだな」

お茶を一口啜って軽く胸許を叩いていると、そんな月香《げっか》を見つめながら、朧玉《ろうぎょく》はまた遠くを見るような仕種をする。

（思い出話ばかり。年寄りみたい）

母と幼友達だったというのならば、年齢は同じくらいだろう。三十代の半ばぐらいでこれか。思い出話ばかり懐かしそうに語るだなんて、隣に住んでいた老婆のようだ。

月香《げっか》は内心でうんざりしつつも、王后に嫌われるようなことはするまい、と礼儀正しく聞き分けのよさそうな娘然として頷き返した。

朧玉《ろうぎょく》は静かに、静かに溜め息を零し、寛《くつろ》げていた姿勢を元に戻す。

「急に呼び立てて、話につき合わせて悪かった」

「いいえ、そのようなことは……」

「こちらに参ったばかりで不便も多かろう。なにかあれば申せ。善処しよう」

「ありがとうございます」

頷いて礼をすると、下がっていい、と言われた。ホッとしながらその言葉に従い、王后の私室を辞した。

さやさやと立ち去って行く月香《げっか》の気配を感じながら、朧玉《ろうぎょく》は控えていた侍女を手招く。

「どう思う、祇娘《ぎじょう》？」

「礼儀作法のなっていない普通の田舎娘ですね」

問われた侍女は辛辣に応じた。

供された菓子を見て釘付《くぎづ》けになり、ガツガツといくつも貪って実にみっともないものだった。本人は行儀よく振る舞っているつもりなのだろうが、だんだんと大口を開けて口いっぱいに頬張るようになっていって、なんとも品がなかったのだ。

部屋付きの女官達から、随分と食欲旺盛であるという話は聞いていたが、あの態度を誰も注意したりはしなかったのだろうか。

「あぁ、それは仕方あるまい。そういったものと無縁に過ごしておったのだろうから、多くを求めるのは酷よ。躾《しつけ》をする者を用意してやれ。曹《そう》大臣夫人あたりがよかろう」

「かしこまりました」

「それとは別の話だ」

頷いて指示を遂行しようとする侍女を呼び止め、朧玉《ろうぎょく》は風を入れる為に開けられている窓を見る。その向こうには、離れた回廊を歩いている月香《げっか》達一行の姿があった。

「あの娘を調べておけ」

「――と、申されますと？」

訝しむように尋ね返す侍女に、朧玉《ろうぎょく》は目を眇《すが》める。

「お前はあれが十八の娘に見えたか？　なんとも稚《いとけな》い……」

「老いても顔立ちの幼い者はおりますが」

「そうさな。だが、そもそもの立ち居振る舞いが幼い。作法がわからずに戸惑っているのだとしても、幼く見えたのではないか？」

言われ、控えながら検分した様を思い返す。

確かにそうだったな、と思った侍女は、主人の言葉にしっかりと頷いた。

「故に、あの娘の素性を調べよ。多少時間がかかってもよいから、なるたけ詳細にな」

その言い回しに、見つかったばかりの王のご落胤《らくいん》が偽者ではないか、と朧玉《ろうぎょく》が疑っていることに気づく。

「かしこまりまして」

頷いた侍女はすぐに指示を遂行すべく、退室して行った。

回廊を曲がって見えなくなった月香《げっか》の姿を確認しながら、ふん、と朧玉《ろうぎょく》は鼻を鳴らす。

あれだけ似ているのだから、月蘭《げつらん》の血縁だというのは事実なのだろう。しかし、他のことはすべてが真実であるとは思えない。娘かどうかも本当のところは怪しい。

そもそも何故、十八年も経って名乗り出る気になったのか。月蘭《げつらん》が亡くなって身寄りがなく、途方に暮れて父親を捜しに出て来たという事情だとは聞いているが、十八ともなれば十分に一人でやっていけるだろう。逆に親などは邪魔に思う年頃なのではなかろうか。

なにか引っかかりを感じる。けれど、それがなにかまでははっきりとわからない。

初めから疑って話を聞いていた朧玉《ろうぎょく》でさえそのようなあやふやな感じなのだから、ずっと月蘭《げつらん》と腹の子の行方を捜していた鴛祈《えんき》には、その違和感さえ感じることが出来ないだろう。疑いもせずに信じているに違いない。

それに、あれは相当したたかな娘だ。多少のことでは馬脚を現すまいが、まだ幼い。それ故にうっかりと真実を呈することもあろう。

「なにからなにまでが真実で、偽りなのか……」

彼女が害を為《な》す者であったら取り返しがつかないことになる。なにかが起こる前に確かめなければならない。

それが王后としての地位を賜った自分の役目だ、と朧玉《ろうぎょく》は双眸を鋭く細めた。

そして、なによりも――

「我が友の名を貶《おとし》めるようなことをしでかすのならば、それも許せぬ」

八　帰還

月香《げつか》が王宮に暮らし始め、少しずつその生活に慣れ始めた頃。一人の青年が歓《よろこ》びの声に迎え入れられながら現れた。

後宮の奥に私室を宛がわれていた月香《げつか》は、直接その様子を目にしたわけではなかったが、数日前から彼方此方が騒がしいので不思議に思い、美峰《びほう》に尋ねてみる。

「世太子殿下が戻られたのですわ」

すっかり馴染んだ年嵩の女官は、そう答えて笑みを浮かべた。

世太子といえば世継ぎの男子のことだ。確か今二十歳ぐらいの方であった筈だが、そんな存在をうっかり忘れるぐらいに話題に出てこなかったと思えば、何処かへ出かけていたような美峰《びほう》の口振りだ。しばらく不在であったようだ。

「旅にでも出ていらしたの？」

月香《げつか》は村を出てから首都である緑厳《ろくげん》に辿り着くまで、徒歩で七日ばかりかかった。王族の旅路ならば、きっと豪華な馬車に乗ってゆったりと快適な道程で以て出かけられることだろう。羨ましいことだ。

けれど、美峰《びほう》が少し困ったような顔で答えたのは、まったくそんな話ではなかった。

「ふた月程前に、鍛錬と視察を兼ねてお出かけになったのですけれど、一時行方がわからなくなられて……少ししてお姿を現されたそうなのですけれど、酷いお怪我をなさっていらしたとかで」

「まあ……！　それは皆さん気を揉《も》んだことでしょうね」

行方不明になるだけでも大騒ぎだっただろうに、そこへ大怪我をして戻って来たとなったら更に大変なことだっただろう。護衛などはつけていなかったのだろうか。

「もちろん大騒ぎでしたよ。お命に係わるほどのものではなかったとはいえ、しばらく身動きが取れなかったそうなのですから」

聞きかじった話なのだが、と言いながらも、美峰《びほう》はそれまでの経緯を教えてくれた。

何人かの供を連れて狩りに出かけた世太子は、供と逸れたところを刺客に襲われて身動きが取れなくなり、そのまま山中で数日を過ごしたそうだ。なんとか動けるようになったところで辛《から》くも山を下り、近在の役所へ出向いて王宮へ我が身の無事を報せ、傷に効く湯治場へ移送されて静養していたのだという。

「そのお怪我を治療なさってご回復されたので、本日ようやくお戻りになったそうです」

実に喜ばしいことだ、と言う美峰《びほう》に、月香《げっか》も笑みを浮かべて頷いた。

「ご無事でよかったですね」

「然様《さよう》でございますね。公主様にはお兄様にあたられる方ですし」

「お兄様、ですか……」

言われてみればそうだろう。世太子と言えば次の国王だ。つまりは、現国王鴛祈《えんき》の息子ということになる。

それならば近々どうにかして機会を設けて、顔を合わせてみなければ。突然妹が出来たとなると戸惑うだろうし、認めて親しくしてもらえなければ困る。

そんな話をしていたからか、王から表への呼び出しがあった。

「きっと世太子殿下とお引き合わせなさろうということでしょう」

美峰《びほう》は弾んだ声で言った。それに、表――王族の私的な場である後宮ではなく、廷臣達が集う宮廷へわざわざ呼び出すぐらいなのだから、これを機に、見つかったばかりの公主のお披露目もするつもりなのではないか、と言う。

そういうことなのだろう、と月香《げっか》も頷き、身支度を整えてくれるように女官達に言いつけた。

用意してもらった紅白を重ねた美しい襦裙《きもの》を纏い、綺麗に編んだ髪には母の簪を挿してもらう。衣裳に合わせて紅い瑪瑙《めのう》のついた飾り帯を結べば完璧だ。ほんのり紅を差してもらってから鏡の中を覗き込めば、そこには誰もが息を呑《の》むだろう美貌の少女の姿があった。月香《げっか》は満足気に微笑む。

「今日もとてもお美しくていらっしゃいますね」

襟の捩《ねじ》れを直しながら、一緒に鏡を覗き込んだ美峰《びほう》が微笑んだ。

そうかしら、と月香《げっか》は照れ臭そうに笑いながらも、当然のこととして心中ではにんまりと目を細める。

（こんなにも可愛い妹が出来たって、お兄様には喜んで頂かなくちゃ）

安寧とした暮らしを手に入れる為にも、味方となってくれる人はいくらでも増やしておかなければならない。次の王となる人などその最たるものではないか――そう考えていた矢先の呼び出しだったので、まったくなんとも有難いことだ。

この王宮で暮らし始めてひと月ばかりが経ったが、味方となる者はまだ少ないと思う。

自分に仕えてくれている女官達の何人かでさえも、まだ少し線を引いている様子が見受けられる。王后の朧玉《ろうぎょく》に至っては、毎日ご機嫌伺いとして顔を見せてはいるが、心を許してくれた様子はない。寧《むし》ろ警戒されているような気もするが、だからといって顔も合わせずにいるとそれも疑念を抱かせるような気もするので、なるべく積極的に姿を見せて話をし、なるべく早く娘として認めてもらえるように努めるしかない。

宮廷の方の政務官達などは更にさっぱりだ。まだ誰にも会ってすらいない。唯一繋《つな》がりがあるのは、礼儀作法の指導をしてくれている曹《そう》夫人からの紹介で、その夫である大臣と二度ほど挨拶をしたことがある程度だ。

けれど、いずれ必ず重臣達を味方につけておく必要が出てくるに決まっている。彼《かれ》等《ら》の判断ひとつで、国王でさえも首を挿《す》げ替《か》えられてしまうことがあることくらいは、月香《げっか》がいくら田舎育ちの賤民でも知っていることだ。

優雅な暮らしを手に入れる為には、それなりの労力を支払わなければならないものだと、月香《げっか》は本能的に悟っていた。それは立場に見合った優雅な振る舞いであったり、円滑な対人関係であったりする。どちらも上手くやろうとすればなかなかに神経を使うものだ。

けれど、この程度ならば、山を這《は》い回《まわ》って草を毟《むし》ったり、腕や腰を痛めながら畑を耕すことに比べれば、まったくどうということはない。言葉を選んでにこにこと愛想よく接していれば、大抵は心を許してくれる。こちらの方が今までの生活よりもずっと楽に感じられた。

自分は案外策士向きだったのだろう、と月香《げつか》は鏡の中の自分を見つめながら思った。

政務の場である表の宮殿に足を踏み入れるのは、初めてのことだ。

少し緊張しながら案内された広間に足を踏み入れると、官服を纏ったたくさんの男性達が並んでいた。

「おお、萌梅《ほうばい》」

壇上の玉座に腰かけていた鴛祈《えんき》は、月香《げつか》が現れたことに気づいて手招く。その隣には朧玉《ろうぎょく》の姿もあった。

居並ぶ廷臣達もその声に呼応して振り返り、月香《げつか》の姿を見つける。明らかに好奇の視線を向ける者や、声を低めてひそひそと囁き合う者の姿もある。

それらのすべてを撥《は》ね退《の》けるように堂々たる笑みを浮かべ、礼法指導の師である曹《そう》夫人から習った所作で優美な礼を取り、壇下まで歩み寄る。

そこには一人の青年の姿が既に在った。少し埃っぽい旅装姿であることから、彼が戻ったばかりの世太子なのだろう。

「この娘は萌梅《ほうばい》という」

鴛祈《えんき》が月香《げつか》のことをそう紹介すると、青年は振り返る。

薄汚れてはいるがなかなか整った顔立ちの男だと思った。端正で凜《りん》として、何処となくしなやかさのある姿は、今まで周囲にいなかった雰囲気だと思う。青甄《せいしん》と同じ年頃だと思うが随分と違う。一時世話になった潤啓《じゅんけい》ともまた少し違う。高貴な身分の男とはこういうものなのか、と感心しながら月香《げっか》は微笑みを向けた。

「萌梅《ほうばい》？」

首を傾げながら見つめられたので、月香《げっか》は頭を下げた。

「萌梅《ほうばい》と申します——お兄様」

その言葉に青年はちょっとだけ双眸を瞠った。鴛祈《えんき》が嬉しそうに頷いている。

「——…あぁ、陛下がずっと捜しておられた」

思い至ったように青年が呟くと、鴛祈《えんき》は更に大きく頷いた。

「そうだ。その娘だ」

「然様でございましたか」

納得したように頷いた青年は、月香《げっか》へと向き直る。

「鴛翔《えんしょう》だ。よろしく頼む」

「はい、お兄様」

頷きながら、月香《げっか》は愛らしく微笑んで見せる。今まで数々の男達に好感を持たせることが出来ていた笑みだ。

しかし、彼はその笑顔に特に魅力は感じなかったようで、うん、と短く頷いただけで視線を逸らされてしまった。

あら、と月香《げっか》は少しだけ怪訝に思った。大抵の男の人は月香《げっか》がこうして微笑みかければ喜ぶし、商品を値引きしてくれたり、荷物を運ぶのを手伝ってくれたり、とても優しくしてくれたというのに。

（お堅い人なのだわ）

面白味のない男だ、と月香《げっか》は思った。

軽薄な男は嫌なものだが、女が愛想よく応じてやっているのを無視する男も嫌なものだ。こういう場合は微笑み返すくらいの愛想は向けるべきではないか。

今までずっと微笑みひとつで男性達からちやほやされてきた月香《げっか》にとって、こういう態度をされるのは実に面白くない。この男には程よく愛想と愛嬌《あいきょう》を持って接するようにしながらも、なるべく関わらないでいよう、と思った。

そんな月香《げっか》の心中など知らない鴛翔《えんしょう》は、ひとつ大きく息を吐き出すと、まっすぐに玉座の国王を見上げた。

「戻って早々こんなことを申し上げるのも憚られるとは思いますが――王陛下にひとつ、聞き入れて頂きたい願いがございます」

改まった物言いに鴛祈《えんき》は僅かに双眸を瞠るが、すぐに姿勢を正して国王としての顔つきになり、威厳ある声で「申してみよ」と答えた。

鴛翔《えんしょう》は頷く。

「既にお聞き及びかとは存じますが、わたしは酷い怪我を負い、山中で行き倒れておりました。その折、通りかかった親切な娘に助けられ、なんとか一命を取り留めたのです」

「ああ、その話は聞いておる」

先に早馬で届けられていた状況説明の文にそう書かれていた。大事な世太子が一応は無事であったことに安堵し、その村娘に感謝もしたものだった。

「大事な世太子を救ってくれたのだ。その娘には褒賞を出してやらねばならんだろう。金もいいが、若い娘なら絹や玉――」

なにか支度させようと考え始めた鴛祈《えんき》を、鴛翔《えんしょう》は「いいえ、陛下」と慌てて留める。

そうして、もう一度大きく息を吐き出すと、緊張した面持ちで見据えてきた。

「わたしはその娘を、伴侶に迎えたいと思いました」

しっかりと告げられた言葉に、その場にいた者達は一様に驚き、思わず驚嘆に揺れる声を漏らした。

国王夫妻も例外ではない。揃って双眸を見開き、お互いの顔を見合わせる。

「とても心優しい娘だったのです」

ざわめきの中、鴛翔《えんしょう》は静かにだがはっきりとした声音で続ける。

「見返りも求めずに見ず知らずのわたしを助け、甲斐甲斐《かいがい》しく世話を焼いてくれました。料理上手の働き者で、家族思いで優しく、そしてなによりも、笑顔が輝くようにとても愛らしかったのです」

とても優しかった娘のことを思い出しながら語り、鴛翔《えんしょう》は拳を握り締める。

「その太陽のように明るくまっすぐな笑顔を、彼女の隣でずっと見ていたいと、そう願ってしまったのです」

真剣な表情で訴えている鴛翔《えんしょう》の横顔を眺め、ふうん、と月香《げっか》は小さく吐息を漏らした。

（好きな女の人がいたってわけね）

それではいくら月香《げっか》が愛らしく微笑みかけたって、気に留めないこともあるだろう。既に他に魅力的だと思える女がいるのだから、女の部分を魅力的に見せて振る舞ったとしても響きにくいのだ。特にこういう真面目そうな男はそうだ。

この鴛翔《えんしょう》という男に対しては他の方法で気に入られるように振る舞わねば、と思いつつ、切々と命の恩人のことを訴えかけている横顔を、とても感動したと言わんばかりの表情で見つめてやる。

訴えを聞いていた鴛祈《えんき》は低く呻き、眉を寄せた。

次代の国王である世太子には、国益になる立場の娘を娶《めと》るのが通常だ。鴛翔《えんしょう》にも幼い頃から、縁故を強めておきたい重臣達の娘との縁談がいくつも持ち上がっている。

それが二十歳を過ぎる年齢になっても未《いま》だに一人の側室すらも持たないでいるのは、鴛翔《えんしょう》自身が女性に対してまったく興味を抱かず、もしや男色の気があるのでは、などと不穏な噂《うわさ》が立つくらいに潔癖だったからだ。

周囲にそんな心配を抱えさせていた鴛翔《えんしょう》が、ようやく女性に興味を示してくれたらしいということは、本来ならばとても喜ばしいことである筈なのだが、その相手がなにも持たない身分の低い賤民の娘だとなると話はまた変わってくる。

鴛祈《えんき》はもう一度呻き、真剣にこちらを見つめてくる鴛翔《えんしょう》の瞳を見つめ返し、溜め息と共に隣に座る朧玉《ろうぎょく》へと視線を移した。

「……如何《いかが》する、王后？」

弱々しいその物言いに、朧玉《ろうぎょく》は軽く眉を跳ねさせた。

「如何するもなにも、賤民の王后など認められませぬな。側妃としてならばまだ許せましょうが……世太子殿下は、その娘しか娶る気はないご様子」

朧玉《ろうぎょく》の言葉に鴛翔《えんしょう》は大きく頷く。

「はい。わたしが添うのは生涯彼女だけだと思っています。市井の夫婦のように、夫と妻、一人ずつで」

答えながら思い出すのは、二人きりで過ごした少し肌寒いあの夜のことだ。火鉢を囲んで温かな夕餉を摂り、お互いに笑い合って、吹きつける風は冷たくともとても心が温まる一夜だった。

「彼女と過ごしていると、とても心が満たされるのです。心が満たされれば他のことに対する意欲も湧きます。わたしに課せられた使命を恙《つつが》なく全うする為にも、心が満たされて意欲的であることは、とても好いことではないかと思うのです」

鴛翔《えんしょう》の訴えを聞き、確かにそれも一理ある、と鴛祈《えんき》は思った。

国王という立場は想像しているよりも重責だ。心が休まる場所は必ず在った方がいい。それが物であっても人であっても、趣味であってもなんでもいいが、なにかひとつ作っておくに越したことはない。

鴛翔《えんしょう》にとってのその対象が、恩人であるその娘だというのならば——

暫時黙したあと、鴛祈《えんき》は静かに口を開いた。

「相わかった。世太子の気持ちは、心に留め置いておこう」

その答えに鴛翔《えんしょう》は僅かに不満げな様子を見せる。すぐに許されると思ってはいなかったが、実際に保留にされると嫌な気分だ。

そんな様子に鴛祈《えんき》は苦笑した。

「そう長く待たせることはせぬよ。だが、暫《しば》し待て。事は其方個人の話で収まることではないのだから」

「然様じゃ、隆宗《りゅうそう》殿」

鴛祈《えんき》の言葉を継いで朧玉《ろうぎょく》も諭すように頷く。

「人の命に貴賤《きせん》はないと説く教えもあるが、それでも人は生まれた身分に縛られる。故に、己よりも低い身分の者に上に立たれると反発が生まれる。……まわりを見てみよ」

言われ、鴛翔《えんしょう》は広間の中を見回した。

「見ればわかるであろう？　ここにいる重臣達の誰もが、其方の申し出に困惑を抱いておられる」

確かにその通りだ。ほとんどの者が戸惑いの表情を浮かべ、なんとも言えない空気を漂わせている。さすがにはっきりとした嫌悪を向けるような者はいないが、理解しがたいと考えているのが透けて見える表情ばかりだ。

「こうした反発が強まれば、いずれよくないことを企む者も現れるやも知れぬ。然すれば不幸になるのは、隆宗《りゅうそう》殿が心を寄せたその娘ぞ」

叱責ではなく、淡々とした言い含めるような朧玉《ろうぎょく》の言葉に、鴛翔《えんしょう》はすぐに不満顔を消した。その考えがなかったわけではないのだが、改めて人から聞かされると、それがとても重要なことだったのだと気づかされる。

聞き分けよく納得したらしい鴛翔《えんしょう》の様子に、朧玉《ろうぎょく》は僅かに笑みを浮かべる。

「陛下もお約束くださったが、そう長いことは待たせぬ故、心安らかにして待たれよ」

「はい、王后様。好いお返事を賜れることを祈っております」

返答を保留にすることを素直に受け入れた様子を見て、鴛祈《えんき》は安堵した。

「では、今日のところはもう下がっておれ。戻ったばかりで疲れておろう？　精のつくものでも食べて、しっかりと休みなさい」

「はい、陛下。御前失礼致します」

頷いて退出して行く姿を見送り、月香《げっか》へと視線を戻す。

「お前にも、よき婿を探してやらねばならぬな」

鴛祈《えんき》の言葉に驚いて振り返る。

「えっ⁉」

同じく鴛翔《えんしょう》の後ろ姿を見送っていた月香《げっか》は、鴛祈《えんき》の言葉に驚いて振り返る。

「お前ももう十八だ。嫁ぐにしてもよき年齢ではないか。なあ、王后？」

「然様でございますね」

話を振られた朧玉《ろうぎょく》も頷く。女で十八ともなれば、子を生している者も多い年齢だ。嫁ぐのに早すぎることはない。

（冗談じゃないわ！）

月香《げっか》は叫び出しそうになるのを必死に堪えながら、腹立たしさを胸の内に押し込める。

そもそも月香《げっか》が村を逃げ出したいと強く思うようになったのは、青甄《せいしん》との縁談を持ち込まれたからだ。まだ結婚などしたくはなかったし、いくら村長で少々裕福であろうとも、あんな小さな村では高が知れている。月香《げっか》が望む暮らしなど得られそうにないと思ったのだ。

国王が娘の為に選んでくれるのならば、月香《げっか》の本来の身分からは考えもつかないほどの高貴な家柄との縁組が期待出来るだろう。

だが、望まぬ縁談であることには変わりない。青甄《せいしん》と結婚するよりも多少裕福に暮らせるだろうという程度で、彼と同じように、月香《げっか》自身を愛して欲してくれるわけではない。王族との繋がりが欲しくて応じるだけのものになるだろう。そんなものは嫌だ。

恋だとか愛だとか、そんなものに夢見ているわけではない。仲のよい両親のようにお互いを尊重し合って支え合う夫婦になりたいわけではない。けれど、月香《げっか》という個人を欲してくれる人でなければ嫌だ。

青甄《せいしん》はそうではなかった。月香《げっか》を嫁に欲しいと言ってはいたが、あの男には他に想《おも》いを寄せる女がいたのだ。その気持ちを伝えることも出来ない臆病者で、両親の言いなりに嫁を取ろうとする卑怯者であることを、月香《げっか》は知っていた。だから嫌だった。

それなのに、また同じように、月香《げっか》の気持ちを無視した縁談を結ぼうというのか。そんなものを受け入れられるわけがないではないか。

月香《げっか》は悲しげに表情を歪め、瞳を潤ませて見せる。

「とても嬉しいお話ですけれど、お父様。萌梅《ほうばい》は、もう少しお父様の傍にいとうございます」

その言葉に鴛祈《えんき》は感激したように吐息を漏らす。

「ようやくお会い出来たのに、もうお嫁に行って離ればなれになってしまうなんて、早すぎます。もう少しだけ、お父様のお傍にいさせてくださいませ」

「萌梅《ほうばい》……！」

感極まったように声を詰まらせ、鴛祈《えんき》は立ち上がって月香《げっか》へと駆け寄る。

「そうだな、萌梅《ほうばい》。ようやく会えたのだから、もう少し余の手許へいておくれ」

「お父様が望んでくださるだけ、お傍にいさせてくださいませ」

そう言って二人は手を握り合った。

居並ぶ重臣達は僅かにざわめいたが、鴛祈《えんき》が月蘭《げつらん》と腹の子の行方を追っていたのは周知のことなので、こういう態度になっても仕方がなかろう、と誰もが思った。

嘗て、愛しい姫の実家を謂《いわ》れない罪で焼いたことで、あまりにも暴虐が過ぎ、世太子としての資質に欠ける、と実兄を断罪した男と同じ人間とは思えないほどだが。

朧玉《ろうぎょく》も重臣達と同じ心地でいたが、彼女は見逃さなかった。

月香《げっか》がひっそりと歪《いびつ》な笑みを浮かべていたことを。

九　主従

世太子が賤民の娘を正妃に迎えたいと考えているらしいという話は、あっという間に王宮中に広まった。

運よくご寵愛《ちょうあい》を賜って側妃に、などと夢想していた女官達は心底悔しがり、いやまだ希望はある、と前向きな者などもいて様々だったが、兎《と》にも角《かく》にも大騒ぎになったのは確かなことだった。

表立っては見えないけれど、確実に騒動となっているその様子を、鴛翔《えんしょう》は呆れたように眺めていた。自分が直接に関わる騒動なのだから閉口するしかない。

積み上がった書状に目を通しながら溜め息を零した鴛翔《えんしょう》に、隣で整理を手伝っていた潤啓《じゅんけい》は顔を上げる。

「如何なさいました？」

「いや……。女というのは、どうにも姦《かしま》しいものだな。己と直接関わりないことだというのに、どうしてそんなにも騒ぎ立てられるものなのか」

眉間に皺を刻みながら零されたその言葉に、潤啓《じゅんけい》は微かに笑う。

「此度《こたび》のことに関しては、女性だけではありませんでしょう」

「まあ、な」

確かにその通りだ。後宮の女達だけではなく、あわよくば縁戚に、と考えていた年頃の娘を持つ貴族達は落胆と腹立たしさを抱えて煩悶《はんもん》し、そちらも非常に騒がしい。

「お前はどうなんだ？」

話を振られた潤啓《じゅんけい》はもう一度顔を上げる。

「お前の妹とも、そういう話が出ていた筈だが」

ああ、と潤啓《じゅんけい》は笑う。

鴛翔《えんしょう》と年齢の近い貴族の娘達は皆将来の妃嬪《ひひん》として目されていた。高官を輩出してきた家柄の徐《じょ》家の娘である虹児《こうじ》も、その有力候補として名前が挙がっていたのだ。

「そういう話はもちろん頂いておりましたし、先代の祖父も乗り気ではありましたけれど、うちの虹児《こうじ》は跳ねっ返りすぎて……とてもお傍になど上げられませんよ」

肩を竦めて溜め息を零し、苦笑する。

先代が孫娘を後宮に入れることへ乗り気だったのは事実だ。けれど、鴛翔《えんしょう》があまりにも女性に興味を示さないどころか、嫌悪さえも抱いているようだという噂が広まるにつれ、さすがに躊躇いを見せてはいた。はっきりと打診されれば断るようなことはなかっただろうが、積極的に進めようとはしていなかった。虹児《こうじ》があまりにも落ち着きがないことも相俟《あいま》って、晩年にはすっかり諦めているようでもあった。

ふうん、と頷きつつ、鴛翔《えんしょう》は最後の書状に印章を押した。

「お前とは長い付き合いであるし、妻を迎えなければどうにもならない時期になれば、なんだかんだでお前の妹を娶らせてもらうことになっていただろうな」

「はぁ。まあ、きっとそうなっただろうとは思いますけれど、そうなったら僕は、この先ずっと胃が痛み続けなければならなかったでしょうねぇ」

さすがにそんな未来は勘弁してもらいたかったな、と大袈裟に溜め息をつけば、山になった文箱《ふばこ》を手許に引き寄せていた鴛翔《えんしょう》は声を立てて笑った。そのお陰で書状が幾枚か床の上に滑り落ちてしまい、苦笑しながら潤啓《じゅんけい》が拾い上げる。

「そういえば、公主様とは如何でございますか？」

「如何、とは？」

受け取ったものと合わせて書状の山を纏めながら、鴛翔《えんしょう》は首を傾げる。

「仲良くされておられますか、という意味です」

「あぁ……」

そこでなんとも言えない表情になったので、潤啓《じゅんけい》は不思議そうに瞬いた。

「正直なところ、よくわからぬ」

憮然《ぶぜん》とした表情で零されるので、おや、と潤啓《じゅんけい》は苦笑する。

「まだ女性は苦手ですか」

「そうだな。特にああして、媚びているというか、自分が女であることを前面に出して、無駄に着飾っているような女はどうも、な……」

数日前にようやく帰った鴛翔《えんしょう》に、王の娘として紹介された少女は確かに美しい容貌で、愛らしく笑む姿は非常に魅力的に見えただろう。そんな娘に可愛らしく甘えられたら、普段は厳格な王が相好を崩してしまうのも頷ける。

美しく装って男性を惹きつけ、自分を庇護《ひご》してくれる存在を見つけようと考えるのは、膂力《りょりょく》のない女性が出来得る最大限の自衛手段なのだろう。それが仕方のないことだとわかっていても、鴛翔《えんしょう》は昔からそういう女性が苦手だった。

しかし、なんとも残念なことに、鴛翔《えんしょう》のまわりには昔からそういう女性しかいなかった。年上の女官も、同じ年頃の少女達も、誰も彼もが鴛翔《えんしょう》に気に入られようと媚びてすり寄ってきていたのだ。

そういう女性が嫌で嫌で、同時に恐ろしくて堪らなかった。

鴛翔《えんしょう》も成熟した男だ。性的な欲求がないわけでは決してないが、どうしても、そういう女性達に近づきたくはなかった。彼女達に触れたら、自分の中のなにか大切なものが崩れてしまうような、そんな恐ろしさを感じていたのだ。

けれど、彼女は——螢月《けいげつ》は、そういう女性達とはまったく違っていた。

媚びた様子は一切なく、詳しい身分を明かさない不審極まりないだろう鴛翔《えんしょう》に対しても、純粋に身を案じて気遣ってくれていたし、礼だと言っても高価なものは受け取ろうとはしなかった。その様子にとても好感が持てたのだ。年頃の女性だというだけで緊張と警戒をしていた自分が愚かで滑稽としか思えないぐらいに、螢月《けいげつ》は鴛翔《えんしょう》の周囲の女性達が持つような生々しさとはまったく無縁だった。

そういう清潔な態度の他に、その声もいいと思った。高すぎず低すぎず、爽やかなよく通る声だった。その声が優しく気遣ってくれて、時には明るく笑う。それがとても好きだと思え、彼女に向けていた警戒心などはすべて消え去った。

螢月《けいげつ》のことを思い出して知らずうちに溜め息を零すと、気づいた潤啓《じゅんけい》が笑みを浮かべる。

「そういえば、伺いましたよ。殿下の初恋」

その言葉に鴛翔《えんしょう》は思わず目を瞠った。

「初恋？」

「なにを驚かれているんですか。伴侶にしたいと思えるくらいに恋しい女性を見つけられたというのなら、初恋になるのではないですか？　それとも、なにか打算でそう思われたのですか？」

呆れたような口調で問われ、鴛翔《えんしょう》は僅かに首を振る。

「打算ではないが……そう呼ぶものなのか」

「そうだと思いますよ。だってそんな気持ちになられたの、初めてでしょう？」

確かにそうだ。不快でしょうがなかった女性というものに対して、傍にいて欲しいという感情を抱いたことは今まで一度としてなかった。

そうか、と鴛翔《えんしょう》は納得した。これが『恋』というものなのか。

一人頷いている鴛翔《えんしょう》の様子に、潤啓《じゅんけい》は晴れやかな笑みを浮かべた。

「殿下のお心を射止める女性が現れたことは、僕としても喜ばしい限りです」

「そうか」

「はい。あの跳ねっ返りをお傍に上げる羽目になって胃が痛む思いをせずに済みましたし、なによりも、これでもう奇怪な噂をされることも減るでしょうから」

からりと笑われ、鴛翔《えんしょう》も思わず苦笑した。

年頃になっても女性に興味を持たない鴛翔《えんしょう》が、実は男性の方が好きなのではないかと噂され始め、その相手の最有力候補として名前が挙がっていたのが潤啓《じゅんけい》なのだ。理由としては、鴛翔《えんしょう》が彼を重用していたことに因る。

本来は武官である筈の潤啓《じゅんけい》をこうして執務室へ入れ、傍らで書状の整理をさせているのだから、片時も離れていたくないのだな、とあらぬ妄想を持った者がいても仕方がないのかも知れない。

もちろんこうしていることにはなんの含みもなく、ただ単に、鴛翔《えんしょう》につけられた侍従や文官よりも、武官である筈の潤啓《じゅんけい》の方が書類の管理能力に優れていたからだ。

「そういえば、先月の治水工事の帳簿は」

「こちらにございます」

確認しようと思って立ち上がると、すぐに棚から帳簿を取って来てくれる。

「お前、やはり侍従に転向しないか?」

受け取りながら苦笑した。元々いる侍従も決して能力が低くはないのだが、潤啓《じゅんけい》のこうした記憶力と整理技術には遠く及ばないのだ。

能力を買ってそう言ってくれているのは大変喜ばしいことだ。けれど潤啓《じゅんけい》は、悩む様子など一切ない即答で「お断り申し上げます」とはっきりと言った。

「侍従になどなったら、殿下をお守りすることが叶いません」

明瞭な答えに鴛翔《えんしょう》も頷いた。

細身で表情も口調も柔らかい潤啓《じゅんけい》は、ただの優男と侮られることもしばしばだが、衛士府の中でも卓越した剣技を誇る。体術も得意としているので、多対一の殴り合いでも負けなしだった。隠し武器などの扱いにも長《た》けている。

潤啓《じゅんけい》がそこまで武術を極めたのは、ただひとつ、鴛翔《えんしょう》を守ることを目的としてのことだ。

後宮などでの私生活を含め、内向きのことを補佐する内務官である侍従は、視察などに同行することはあっても、武器を携行することはない。もしも暴漢に襲われたときに丸腰では、それだけで反撃の手が遅れてしまう。そんなのは断じて嫌だった。

ふう、と小さく息をつくと、潤啓《じゅんけい》は帳簿を捲っている鴛翔《えんしょう》の前へ跪く。

「……どうした」

「僕の刃は、殿下をお守りする為だけに研いで参りました。それなのに、あのような事態になりまして——申し訳もございません」

深く叩頭する様子に、ああ、と鴛翔《えんしょう》は頷いた。

「此度のことはお前の責ではない。一切気に病むな」

「しかし」

「お前の責ではないと言った。何度も言わせるな」

ぴしゃりと言いつけて顔を上げさせる。それでも潤啓《じゅんけい》が複雑な表情をしているので、鴛翔《えんしょう》は明るく笑って見せた。

「襲撃を受けて悪いことばかりでもなかった。怪我を負ったお陰で、螢月《けいげつ》殿に出会えたのだからな」

そんなことを言われるので、潤啓《じゅんけい》は呆気に取られる。けれど、鴛翔《えんしょう》がそれを冗談で言っているわけではなさそうだとわかると、苦笑するしかない。

「では、僕は――いや、亡くなった祖父は、殿下の月下老人《縁結びの神》だったということですね」

「そうだな」

まさに老人だしな、と笑うと、そこで潤啓《じゅんけい》もようやく普段通りの笑みを見せた。

「ところで潤啓《じゅんけい》。尋ねたいことがあるのだが」

空気が和んだところで、鴛翔《えんしょう》は改まって呼びかける。

はい、と頷いて向き直った潤啓《じゅんけい》は、世太子の表情が硬く緊張を含んでいることにすぐに気づいた。

なにか重大な命でも下されるのだろうか、とこちらも緊張して待っていると、鴛《えん》翔《しょう》の口からはまったく想像していなかった言葉が発せられた。

「女性に婚姻を申し込むというのは、どうすればいいのだろうか？　お前、知っていないか？」

深刻な表情の世太子からの思わぬ質問に、まったく虚を衝《つ》かれた潤啓《じゅんけい》だった。

「……こ、婚姻の、申し込み……ですか？」

聞き間違えかどうか確かめるつもりで問い返すと、鴛翔《えんしょう》は「そうだ」と生真面目な顔つきで頷いた。

王室の婚姻事情など潤啓《じゅんけい》も詳しくは知らない。それこそ侍従の方が詳しいのではないだろうか。

各所へ書類などを運搬している筈の侍従が戻ってからの方がいいのでは、と思いはするが、彼等が不在のうちに尋ねてきたということは、そういったことを気にしていると知られたくないのかも知れない。友人にこっそり確認を取るような、そういう感覚での話なのだろう。

「そうですね……殿下の場合でしたら、まずは重臣達の推挙があって」

「あぁ、違う。そうではない」

なんとか手順を思い出して説明しようとしているのに、それを遮られる。

違うとはどういうことだろうか。鴛翔《えんしょう》がなにを知りたいと思っているのかわからなくて、潤啓《じゅんけい》は瞬いた。

「婚姻の申し込みについての手順ですよね？　それとも、お尋ねになったのは、なにかもっと別のことだったのでしょうか？」

「いや、婚姻の申し込みについてだ」

「でしたら」

「でも、違うのだ。そうではなくて……」

なにか言いにくいのか、鴛翔《えんしょう》は言《い》い淀《よど》みながら悩むような仕種をしている。潤啓《じゅんけい》は首を傾げながら次の言葉を待った。

ややして、意を決したように再び口を開いた。

「市井の――世の普通の男女は、どのようにして夫婦《めおと》になるのだ？」

真剣な眼差《まなざ》しで伝えられた問いに潤啓《じゅんけい》は少々面食らったが、その質問を笑ったり呆れたりすることなく、なるほど、と納得して大きく頷いた。鴛翔《えんしょう》がなにを知りたかったのか理解出来たのだ。

「つまり殿下は、その思いを寄せる女性に、市井の男女のような求婚をなさりたいわけですね？」

意図が正確に伝わったようだとわかり、鴛翔《えんしょう》は少しホッとしたように表情を緩めた。

「そうだ。彼女とは数日共に過ごしていたが、わたしの身分は特に明かさなかった。恐らく知らないだろうし、王族などとは思ってもいないと思う」

父親の方は気づいている様子だったが、あの態度から考えるに、わざわざ教えているとは思えない。螢月《けいげつ》は今も『身分が高そうな行き倒れの男』としか認識していないのではなかろうか。

「彼女には、わたしの身分など関係なく、わたし自身を受け入れて欲しいのだ」

身分や家柄、それに付随する権力や財力などとは無関係に、鴛翔《えんしょう》という個人として話をしたいと思っていた。

鴛翔《えんしょう》の気持ちを聞いた潤啓《じゆんけい》は、うん、うん、と大きく頷いた。

「わかりました。でも、僕も一応は貴族の端くれなので、多少間違っているかも知れませんが」

「構わぬ。大まかな手順がわかればよい」

「では――」

真剣な表情で身を乗り出す鴛翔《えんしょう》の眼差しを受けながら、ひとつ咳払いを零す。

「まず、親同士の取り決めでなければ、男と女、お互いに好意を寄せ合って過ごし、所帯を持つ約束をするものだと思われます。このあたりは我々ともそう変わりませんね」

貴人であろうが平民であろうが、子は親に従うものだとされている。親が決めた物事があるならばそちらを優先するのが当たり前だ。

貴族や有力な商家などであれば家同士の結びつきを重要視することもあり、本人達の意思よりも当主である親の意向を通すことが多いだろうが、許されるならば惹かれ合う者同士で縁を結ぶ場合もあるだろう。平民の場合は恋愛事情を優先することが多いのではないか、と潤啓《じゅんけい》は言う。

参考になる、と鴛翔《えんしょう》は真面目な顔で頷きながら筆を取り、手近な紙に書きつけた。

「そのときに男は女に、なにか贈り物をする場合もあるようです。街中の小間物屋の前で、そんなことを友人等と話しながら簪を選んでいる男を何度か見かけたことがあります」

「贈り物……」

「出来る限り高価なものを選んでいる男が多かった印象です。でも、重要なのは値段や豪華さではなく、求婚相手のことを思って、その女性の為だけに心を込めて選ぶことだと思いますよ」

「なるほど。螢月《けいげつ》殿に似合うもので、喜んでくれそうなものか」

山を下りて別れる日、小間物屋で髪結い紐を買ったことを思い返す。螢月《けいげつ》は物凄く恐縮していて、受け取るのをとても躊躇っていた。あんな安物でもああいった態度だったのだから、贈り物を選ぶとしたらあまり高価でなく質素な見た目のものがよいだろう。手頃なものでも華美だと嫌厭《けんえん》されそうだ。

本人も好きだと言っていた緑色はとても似合っていた。彼女の爽やかでいて柔らかい雰囲気に合わせて、翡翠あたりでなにか装飾品を作らせるか、街中に出て探してみるのもいいかも知れない。

「けれど、婚姻はやはり家同士の結びつきであり、それは貴族でも平民でも変わりない筈です。なので、次はお互いの親に挨拶をするのだと思われます」

挨拶という言葉に、つらつらと書きつけていた鴛翔《えんしょう》の手がぴたりと止まる。

「……親に、挨拶？」

急に暗い声音で呟かれたので、潤啓《じゅんけい》は怪訝に思いながらも「はい」と頷いた。

「女は嫁に行く為に家を出なければなりませんし、男の家も家族が増えるのですから断らなければならないでしょう。夫婦だけで家を構えるにしても、話は通すのが筋だと思いますよ」

貴族の場合はそういうことは主人同士が話をつけるか、仲人を介して行う。それで話が纏まらなければ破談になることもある。そのあたりは平民でも同じだろう。

そう告げると、鴛翔《えんしょう》は小さく呻いた。

「……挨拶に出向いても、断られることがあるのだろうか？」

「もちろんあると思いますよ」

不安げに零された声を潤啓《じゅんけい》はばっさりと切り捨てる。

「大切に育てた娘を気に入らない男にやりたいと思いますか？　僕だったら嫌です。息子の側だって、気に入らない嫁が来たら嫌でしょう」

それはそうだろう。その理由が理解出来てしまうだけに、鴛翔《えんしょう》はますます呻いた。

「なんですか？　断られそうなのですか？」

あまりにも難しい表情になったので、潤啓《じゅんけい》こそ困ったように眉を寄せた。

「螢月《けいげつ》殿は、多少は好意を持ってくれているだろう自信はあるのだが……父親が難関だ」

「おやまあ」

苦々しく零された答えには苦笑するしかない。

鴛翔《えんしょう》が本来の身分を明かせばそんな心配はいらない。鴛翔《えんしょう》がそれを望み、ひと言命じれば、逆らえる者などいないのだから。

しかし、鴛翔《えんしょう》はそれをしたくないのだろう。ただの男として、その女性を伴侶に迎えたいし、夫として選んでもらいたいと思っているのだ。それ故に、こんな手順を確認しているのだろう。

「その対策は、これから考えればよろしいのでは？　まだ陛下からも許可は頂けていないのでしょう？」

鴛翔《えんしょう》は溜め息を零しながら頷く。

平民の、しかもかなり貧しいだろう家柄の娘を正妃に迎えるなど前代未聞だ。お陰で王はもちろんだが、国の威信や体面を気にする重臣達も渋っているし、女達の住まう後宮もずっとざわついている。

なるべく早くに結論を出すとは言ってくれているが、まだしばらくはかかるだろう。最低でもひと月は我慢するべきか、と鴛翔《えんしょう》は覚悟していた。

結論が出るまでの間に有力な貴族達や、後宮での決定権を持つ王后には根回しをしておこうとは考えていたのだ。それに加えて、螢月《けいげつ》の親に上手く承諾を取りつける段取りも考えておく必要が出てきたのは少々頭が痛い。

ううん、と唸《うな》って掌で顔を覆った鴛翔《えんしょう》に、潤啓《じゅんけい》は静かに溜め息を零した。

「そんなに手強《てごわ》い父親なのですか？」

「ああ、途轍《とてつ》もなく手強い。もしかすると、陛下から許可を頂くよりも難しいかも知れん」

「そこまで？」

「お前もあの御仁に会えばわかる」

目つきは鋭いが、決して恐いわけではない。だが、とてもただの村人とは思えないあの妙な威圧感については、どう説明していいかわからない。幼い頃からあまり物怖《ものお》じしたことのない鴛翔《えんしょう》でさえも、あの男の前ではなんとなく気が弱って身を縮こまらせていたのだ。口数が少ないことも相俟って、二人きりになる夜は息苦しかった。そのときのことがいい思い出になったと言えるほどにはまだ思えていない。

「そもそもあの御仁は、わたしを──蔡《さい》家を嫌っていた」

「王家を、ですか？」

驚いて問い返すと、鴛翔《えんしょう》は頷いた。

「何故かは知らぬ。答えてくれそうもなかったので訊きもしなかったが、一度はっきりと言われたのだ。蔡家の人間などと関わり合いたくもない、と」

その言葉に潤啓《じゅんけい》は目を丸くして息を呑む。

支配される側の平民――その中でも下層にいる賤民なら、統治者である王家に対して不満はいくらでもあるだろう。市中を歩いていれば、酒を酌み交わしながら愚痴を言い合っている男達の姿はよく見かける。市場の片隅で立ち話をする女達もあれこれと不満を漏らしている。

しかし、それは同じ立場の者同士で言葉にすることで憂さ晴らしをしているだけであり、王族や貴族に対して直接そんなことを言う者はいない。下手をすれば反逆罪で打ち首だ。

鴛翔《えんしょう》の口振りからすると、その父親は鴛翔《えんしょう》の素性を知っていて口にしているわけだ。知らずに口にしているのならまだ見逃せようが、知っていてやっているのなら不敬罪と断罪されても仕方がない言動だ。それでも口にせずにいられなかったほどに、その男にはいったいなにがあったというのだろうか。

話を聞いた潤啓《じゅんけい》は、なにか変なものを感じた。はっきりと『これ』と示せはしないが、その父親になにか引っ掛かりを感じるのだ。

この話は、実はあまりいいことではないのではなかろうか。けれど、今まで女性を苦手としていて、いくつも持ち上がった縁談を忌避し続けていた鴛翔《えんしょう》が、伴侶にと望むような娘が現れたことは喜ばしいことではある。

煩悶している鴛翔《えんしょう》を見ながら、どうにかならないものか、と潤啓《じゅんけい》も考えを巡らせた。

十　巡る思惑

「杷倫《はりん》ですって⁉」

月香《げつか》は思わず大きな声を上げてしまった。

その様子に朧玉《ろうぎよく》は顔を顰め、明らかに不快そうな空気を見せる。

「どうしたのだ、萌梅《ほうばい》？　杷倫《はりん》になにかあるのか？」

鴛祈《えんき》も怪訝そうにするので、月香《げつか》は慌てて首を振って静かに座り直した。しかし、その心が簡単に落ち着くことはなかった。

（杷倫《はりん》？　杷倫《はりん》の山奥ですって⁉）

そんなの月香《げつか》が生まれ育った杷蘇《はそ》村しかないではないか。

国王夫妻の話をなんとか拾い聞きしながらも、月香《げつか》は気が動転するのを静めることがなかなか出来ずにいた。

世太子が想い人と出会った場所が月香《げつか》の故郷だとは思わなかった。なんということだ。

杷蘇《はそ》村の年頃の娘なんて、ほんの五、六人程しかいない。もう少し上や下を合わせても十人ちょっとといったところだ。そのうちの誰かだというのならば、驚くほどにお人好《ひとよ》しで、薬草摘みの為に頻繁に山歩きをしている姉である可能性があまりにも高い。

もしも、世太子がどうしても妃に迎えたいと願っている想い人が姉で、この王宮に連れて来ることに許可が下りたりしたら——

(私が偽者だって、知れてしまう……！)

そんなことになったら、ようやく手に入れたこの暮らしを手放さなければならないではないか。

最悪の答えが導き出されてしまい、月香《げっか》は思わず身震いした。

(駄目よ、そんなの……絶対に、嫌！)

周囲の女官達や、誼《よしみ》を結びたいと願う重臣達の夫人や息女などとも顔を合わせ始め、ようやくこの足場が固まってきたところだというのに、こんなにも早く手放すことになるなんて冗談ではない。このふた月程の間に知恵を絞って心を砕いて、ぼろを出さないように頑張って、なんとかここまでにしてきたというのに。

「——…で、後宮は構わぬ、という結論に至りました」

朧玉《ろうぎょく》の言葉にハッとして顔を上げる。

そうか、と鴛祈《えんき》は頷いた。

「王后が受け入れると言ってくれるなら、問題はあるまいな」

（なに？）

自分の考えごとに埋没していて聞き逃していた月香《げっか》は、頷き合う二人の様子に焦る。

いったいなにが決定されてしまったのだろうか。

鴛祈《えんき》は大きく息をひとつつき、よし、と呟いて卓を軽く叩いた。

「世太子には、娘を迎えに行く許可を与えよう」

その言葉に朧玉《ろうぎょく》は頷き返していたが、月香《げっか》は即座に叫び声を上げていた。

「駄目よ！」

あまりにも突然に大きく発せられたその声に、鴛祈《えんき》と朧玉《ろうぎょく》も、室内に控えていた女官達も驚いて固まる。

「そんなの、許されるわけがない！」

いきり立って眉を吊り上げ、肩を怒らせて続けて叫ぶ。握り締めた拳はぶるぶると震えていた。

その様子はあまりにも異様だった。

普段は花のように微笑んでいる少女が、怒りというよりもまさに憤怒《ふんぬ》といった形相で、感情も顕わに喚《わめ》いている。ふわふわと楽しそうに微笑んでいるいつもの姿からは想像もつかない様子だった。

呆気に取られた室内の中でまず気を取り直したのは、さすがというべきか、王后の朧玉《ろうぎょく》であった。

ひとつ息をつき、不愉快そうに眉を寄せる。

「何故《なにゆえ》だえ？」

その問いかけに月香《げっか》はギッと鋭い目を向ける。

「決まっています。貧しい寒村出身の人間を迎え入れるなんて、王家の品位を疑われるからです！」

側妃程度ならまだいいかとも思える。身分の低い女官や水汲《みずく》み女が見初められ、王や太子達からの寵愛を賜った前例などいくらでもあるだろう。しかし、正妃になった恐れ多い者はいない筈だ。

王の正妃となれば、王と同等程度の権限を有し、貴族達のみならずすべての民の頂点に立つ身だ。時には国を代表して他国の使者と会うこともある。そんな重要な立場になる人間が、賤民であっていい筈がない。

ふむ、と朧玉《ろうぎょく》は頷いた。

「賤民の世太子妃など認めたくないという気持ちならば、おおいに理解しよう。しかしな、公主――」

朧玉《ろうぎょく》とてそういう考えがなかったわけではない。世太子帰還からのひと月近く、いろいろと考え、悩み、よりよい妥決に至れるように苦心してきた。

「其方《そなた》も賤民の出ではないか」

その言葉に月香《げっか》は双眸を見開き、唇を戦慄《わなな》かせた。

「……わ、私……は、……っ」

反論しようとする声が震える。なんと言えばいいのかわからない。

「あぁ、そうだな。其方は賤民の孤児として育っていたが、実際は陛下のご落胤であった。母親も元は貴族の娘だ。血筋的にはなんの問題もない」

月香《げっか》の動揺を見つめながら、朧玉《ろうぎょく》は言葉の先を紡ぐ。

その口振りから、月香《げっか》の脳裏を駆け巡った危惧が杞憂《きゆう》であったことを悟る。本来の出自を知られているのかと思ったのだ。

内心でホッと胸を撫《な》で下《お》ろしつつ、月香《げっか》は姿勢を正す。

「だからこそ反対申し上げるのですわ、お母様」

朧玉《ろうぎょく》は軽く眉を跳ねさせ、月香《げっか》を見つめ返した。

「お父様の実子であった私でさえも、王宮での暮らしに慣れるのは大変です。こちらに来てからふた月近くが経ちましたけれど、まだまだ慣れたとは言えません」

「そうなのか？」

月香《げっか》の言葉に鴛祈《えんき》が悲しげに表情を曇らせる。

「ごめんなさい、お父様……。お父様やお母様はもちろん、女官の方達も心を尽くしてよくしてくださっています。それでもやはり、まだ慣れたとは言い切れません」

こちらも悲しげに答えると、鴛祈《えんき》は溜め息を零しながら頷いた。

月香《げっか》は朧玉《ろうぎょく》に向き直る。

「お父様の娘である私でさえそうなのです。生まれも育ちも完全に貧しいその人が、ここの暮らしに馴染めるものでしょうか？」

切々とした調子で訴えかけ、双眸を潤ませる。

「慣れない環境に連れて来られて、本来なら受けなくてもいい苦労を重ねることになるなんて――その人があまりにも可哀想です」

そんなことも想像出来ないのか、と言外に責めてやると、気づいた朧玉《ろうぎょく》は大きく溜め息を零した。

「苦労をするだろうことなどわかっている。それでも世太子はその娘を望まれておるのだし、ならば、後宮の者としてはやるべきことはひとつだ。その為に支えてやろうと私は申しておるのだ。公主ともあろう者が狭量な発言をすべきではない」

「だから、許可を出さねばいいことではないですか」

「世太子が望まれておる」

「だから」

「公主」

抗論を続ける言葉を朧玉《ろうぎょく》はぴしゃりと遮る。さすがの月香《げっか》も口を噤《つぐ》んだ。

「公主はこちらにいらしたばかりでご存知ないのだから、仕方あるまいとは思う。だからそのことを責めはせぬが、意見をするにはあまりにも浅慮。黙らっしゃい」

あまりの言い様ではないか。月香《げっか》は朧玉《ろうぎょく》を睨みつける。

険悪な雰囲気になってきた義理の母娘《おやこ》に向かい、鴛祈《えんき》は咳払いをして注意を促す。

「萌梅《ほうばい》よ。世太子はひどい女嫌いであってな。妃嬪などいらぬと申し続けておって、寝所に女を送り込んでも追い出す始末で、こちらも相当頭を悩ませてきたのだ。それが自ら伴侶に望む娘が現れたのならば、この機を逃せぬ。逃せば世継ぎは永遠に望めなくなってしまう——お前の気持ちもわかるが、事情をわかってくれ」

な、と穏やかながらも強く念押しされれば、月香《げっか》は頷くしかない。鴛祈《えんき》の寵愛する

『萌梅公主《ほうばいこうしゅ》』は素直で愛らしく、聞き分けのよい娘なのだから。

しかし、困ったことになったものだ。杷蘇村《はそ》の人間なら月香《げっか》のことを知っている者だらけだ。姉でなかったとしてもなにを言われるかわかったものではない。他人の空似だと押し通すにしても無理があるだろう。

「公主様。曹《そう》夫人がお越しになっていますが」

自室に戻って来てからむっつりと黙り込み、どうするのが最善か、と考えを巡らせている月香《げっか》に、美峰《びほう》が躊躇いがちに声をかけてくる。作法の授業の予定が入っていたのだ。

具合がよくないなら今日は帰ってもらうが、と提案してくれるので、そのようにしてもらおうかと思いかけるが、はたと気づいた。

曹《そう》夫人——重臣の一人である曹《そう》大臣の奥方だ。この家には確か、世太子と釣り合いのいい年頃の娘がいた筈だ。月香《げっか》の師として選ばれたのも、同じ年頃の娘がいるからだろう、と曹《そう》夫人は言っていた。

（曹《そう》大臣に上手く言ってやれば、なんとかしてくれないかしら？）

今の自分では故郷まで戻ることも目立ってなにも出来やしないけれど、他の者ならどうとでもなるのではなかろうか。

大臣などという要職に就くくらいの人物なら、手足となってくれる人間の何人かは抱えているだろうし、月香《げつか》よりも動きは取りやすいだろう。

曹《そう》大臣には夫人を介して既に何度か挨拶をしている。今回も繋ぎをつけてもらって、さり気なく勧めればいいのだ。

賤民出身の世太子妃を戴《いただ》くよりも、もっと相応《ふさわ》しい令嬢がいるのではないか、と。

世太子がご執心の村娘には金銭を少し包んでやり、遠くに行って行方を晦《くら》ませてもらうように仕向ければいい。当人がいなくなってしまえば世太子も仕方なく諦めるだろう、と提案してみればいいだけだ。村娘に持たせる金銭ぐらいなら、月香《げつか》の為に用意されている簪の数本程度でも足りるだろう。

「お通しして」

月香《げつか》は微笑んで答えた。

「曹《そう》夫人。お師匠様。ようこそおいでくださいました。本日もよろしくお願い致します」

女官に案内されて入室して来た曹《そう》夫人に向かい、月香《げつか》は習った通りの所作で腰を折って礼を尽くした。その様子に師である夫人はにっこりと笑みを浮かべる。

「大変優雅でお美しく、素晴らしい所作ですね。本日も合格ですよ、公主様」

臣下である曹《そう》家よりも月香《げっか》の方が立場は上だが、今は彼女に礼儀作法を習っているところだ。師として立てて、こちらが下として振る舞わなければならない。

偉そうな「合格ですよ」という上から目線の言い回しが以前から気に入らなかったが、今日はいつも以上に下手に出て、従順で優秀な生徒として振る舞わなければならないだろう。機嫌をよくして、快く曹《そう》大臣と繫ぎをつけてもらわなければならないのだから。

「ありがとうございます、お師匠様。これからも精進致します」

にっこりと愛らしく微笑んで応えれば、曹《そう》夫人も満足そうに頷き返した。

重い足取りで戻って来た父は、低い声で「少し休む」と呟いて寝室に行ってしまう。

その様子に、また駄目だったのだわ、と螢月《けいげつ》は思った。知らずうちに溜め息が零れ、表情が暗くなる。

月香《げっか》の行方がわからなくなってから、既にふた月以上が過ぎている。

華宵楼《かしょうろう》にいなかったことを知ったあと、部屋の中を調べてみると螢月《けいげつ》の財布が空になっていることが判明した。路銀にと持ち出したのかも知れないが、大した額ではない。上手く遣《や》り繰《く》りしても半月がいいところだろうし、そういうことが苦手な月香《げつか》には無理があると思われる。掏摸《すり》などに盗まれている可能性もある。

持ち出したお金が手元にあるうちに仕事を見つけ、なんとか食《く》い扶持《ぶち》を稼いでいればいいが、月香《げつか》に出来そうな仕事など限られている。お針子など得意な職に上手くありつけていればいいが、もしもそうではなかったら──

嫌な想像に至ってしまい、螢月《けいげつ》は唇を嚙み締めた。

綺麗に着飾ることが好きな月香《げつか》のことだから、深く考えもせずに妓楼で働き出すかも知れない。華宵《かしょう》楼《ろう》に足繁《あししげ》く出入りして、店主や妓女達に可愛がられていたものだから、妓楼が本来はどういう場所なのかちゃんとわかっていない可能性もある。螢月《けいげつ》だって具体的なことはよく知らないが、見知らぬ男の人にいきなり身体を触られる不快さは知っている。接客としてああいうことをするのだ。

まだ幼い月香《げつか》がそんな目に遭っているのではないか、と何度も何度も考えてしまっては、恐くて泣き出したくなっていたのだ。

「お父さんが帰ったの？」

水場に野菜を洗いに行っていた母が、戸口のところに置かれた旅道具に目を留めて尋ねる。ええ、と螢月《けいげつ》は頷いた。

「でも、また駄目だったみたい」

「……そう」

答える螢月《けいげつ》の表情も、頷く母の表情も暗くなる。

少しの沈黙のあと、母は溜め息と共にふるりと首を振ると、笑顔を浮かべた。

「疲れているだろうから、なにか精のつくものを用意しましょうか」

「干し肉と干し鮑《あわび》が少しあるわ」

「じゃあ、それで汁物をこさえましょう」

母の笑顔に螢月《けいげつ》は頷き返す。

「お肉にする？」

「鮑の方が少し古いでしょう」

そちらを先に使おう、と言われ、螢月《けいげつ》は戸棚から乾物を保存している甕《かめ》を取り出した。

海岸から数日の距離にあるこの地域では、海産物はかなりの高級品だ。いくら乾物になっていても値は張るので、螢月《けいげつ》の家では特別な祝いのときにしか使わないものだが、疲れて戻った父に精をつけさせようと思えば相応しい食材でもある。

水にさらして戻している間に、母は米の支度をしている。螢月《けいげつ》も籠を手にした。

「蕨採って来る」

旬は少し過ぎてしまったが、まだ生えている秘密の場所がある。母が作る蕨の炒め物が好きな父の為に摘んで来よう。

「気をつけて」

母は笑顔で螢月《けいげつ》を送り出してくれたが、声にはやはり元気がない。

（父さんは戻った。でも月香《げっか》は戻らない）

そのことが母の心をどんどん弱らせているのを知っている。

最近の母はよく眩暈を起こす。発熱することも多くなったし、ずっと微熱続きだ。胃腸の調子もあまりよくないらしく、痛みで食事を摂れないことも多々だ。そういった様子を、心の不調が身体に出ているのだろう、と医生《いしゃ》は言っていた。

夏の入り口である今はまだいい。だがもうすぐ訪れる真夏の暑さは、今の母では耐えられないかも知れない。もっと弱ってしまい、長く寝込んでしまうに決まっている。

心を苛《さいな》んでいる心配事を取り除くことが出来ないのならば、出来る限り穏やかに過ごせるように気を配ってやれ、と言われはしたが、そんなのは無理だ。あの優しい母が、月香《げっか》のことを忘れたようにのんびりと生きるだなんて出来るわけがない。

螢月《けいげつ》は唇を噛み締め、涙で歪む視界に腹立たしさを抱いた。めそめそと泣いている余裕などないというのに、この両の瞳は最近殊に潤みやすい。

(月香《げっか》の、莫迦……)

それもこれもあの可愛い妹が悪いのだ。

月香《げっか》は昔から心配ばかりかけさせる。螢月《けいげつ》なんかより、両親の方がその何倍も何十倍も心配している。

こんなに両親の心を痛ませたりしたら、螢月《けいげつ》なんか申し訳なくて堪らなくなってしまうのに、月香《げっか》はあまり気にしない。何度でも同じことをして心配させて、平然としている。その神経だけは、螢月《けいげつ》には一生かかっても理解出来そうになかった。

「螢月《けいげつ》」

目許をごしごしと乱暴に擦りながら歩いていると、呼び止められた。青瓢《せいしん》だ。

「……泣いているのか？」

真っ赤になった目で振り返った所為で心配げな表情をされる。

「ええ、あの、目になにか入って」

「だったらそんなに乱暴に擦っちゃ駄目だろう」

「そうね。でも、もう取れたみたいです」

もう大丈夫、と苦笑いを向けると、青甄《せいしん》は小さく溜め息を零した。

「さっき、親父さんっぽい人を見かけたんだけど」

僅かに言い淀むような口調で零された言葉に、ええ、と螢月《けいげつ》は頷いた。

「ついさっき、戻って来たところです」

「そうか」

頷く青甄《せいしん》の様子に、彼がいったいなにを言いたいのか、螢月《けいげつ》には簡単に察しがついた。けれど、それをこちらから先に答えてやる必要はない。

軽く笑みを浮かべ、それじゃあ、と別れの為に頭を下げた。早く森に行って来ないと食事が出来上がってしまう。

「螢月《けいげつ》」

立ち去ろうと踵を返したところを止められる。珍しく肩など摑んで強引に振り返らせるものだから、少し驚いた。

「あっ、と……すまん」

自分でも乱暴だったと思ったのか、青甄《せいしん》は小さな声で謝りながらすぐに手を離す。

大丈夫です、と首を振りながら答えるが、いったいなんなのだ、と螢月《けいげつ》は内心で首を傾げた。こんな強引な態度は珍しい。

「明後日《あさって》の祭り」

陽が伸びたとはいえ夕暮れが近い。暗くなる前に蕨を摘んで帰って来たいのだが、とそわそわしていると、ようやく用件を伝える気になってくれたようだ。

けれど、祭りの話を口にしただけで、その先が出てこない。祭りがどうしたというのだ、という気持ちを込めて「はい？」と首を傾げて瞬いた。

「お前も行くのか？」

また少し間を置いてから、少し躊躇うように尋ねてくる。螢月《けいげつ》は少しだけ眉根を寄せて小さく首を振った。

明後日は一年で一番日が長い夏至で、各地で盛大な祭りが開催される。

この村でも夜通し祝いの篝火《かがりび》を焚《た》いておくが、杷倫《はりん》の街に下りれば花火も打ち上がるような規模の祭りが行われている。若い人は皆そちらに遊びに行くのだ。螢月《けいげつ》も数年前からは月香《げつか》を連れてそちらに行っていた。

しかし、今年はこのような状況だ。

螢月《けいげつ》は曖昧に表情を濁し「わかりません」と答えた。

「そうか……そう、だよな」

事情がわかっているだけに、青甄《せいしん》はなんと言えばいいのかわからなかったのか、それ以上はなにも言わず、呼び止めて悪かった、と言って立ち去った。

螢月《けいげつ》も会釈して踵を返し、森の中へと分け入って行く。

祭りに行こうと思えば行ける。両親も止めることはないだろうし、そういう場にあまり積極的ではない螢月《けいげつ》が自ら「行きたい」と言えば、笑顔で送り出してくれるに決まっている。昨日会った友人達からも誘われていた。

年に何度か行われるこういう祭りは、豊穣《ほうじょう》の願いを込めたものであるのが開催の趣旨ではあるが、若い男女の出会いの場としての意味合いもある。もう十八になった螢《けい》月《げつ》は完全に適齢期で、そろそろ相手を見つけなければ、という頃合いなのだ。

そういう場に異性を誘うということは、婚姻相手として考えている場合が多い。

鈍い螢月《けいげつ》でもさすがにわかってしまった。さっきの青甄《せいしん》の態度は、どう考えてもそういうものだったとしか思えない。それがなんとも腹立たしかった。

(月香《げっか》をお嫁に欲しいって言っていたのに)

年頃の女の子達から夫候補として人気の高かった青甄《せいしん》が、まだ幼さもある月香《げっか》に求婚し、やはり彼も顔で選ぶのね、などとみんなで揶揄《やゆ》していたのはついこの春先のことだ。

その月香《げっか》がいなくなったことは既に村中に知れ渡ってはいるが、だからといって、今度はその姉である螢月《けいげつ》に声をかけてくるなんて——軽薄な男だったのだ、と螢月《けいげつ》は腹立たしく思った。

螢月《けいげつ》だって、青甄《せいしん》をいいなと思っていたうちの一人だ。それでも、こんなに簡単に、手軽な身内に乗り換えられるのは、選ばれたからと言っても全然喜べない。この先の半生を共にする伴侶を選ぶのに、そういうのはちょっと違う気がする。

螢月《けいげつ》だっていつかは結婚することになるだろうし、両親のようなお互いを支え合う夫婦になって、温かい家庭を築きたいという思いはある。

けれど、青甄《せいしん》の態度はなんだか嫌だった。

彼が悪いわけではきっとない。こんな狭い村の中にいるのだから、誰でもこういう風に選ぶものだろう。年齢の釣り合う年頃の未婚の娘なんて、そう何人もいるわけでもないし、仕方がないのだと思う。

それでも、これは違う、と螢月《けいげつ》の心は言っていた。

青甄《せいしん》に対して持っていた好感がなくなったわけではない。けれど、こんな流れで声をかけてくるのは、どうにも卑怯のような気がするのだ。

十一　夏至祭

「今夜は夏至祭ね」

畑仕事を終えて戻って来た螢月《けいげつ》に、父の旅装を繕っていた母が言ってくる。

ええ、と頷いて水を飲み、椅子に腰かけた。

「これからますます暑くなるのね」

夏至祭が終われば、秋の収穫祭までは夏季だ。気温の高い日々がやって来る。

杷倫《はりん》は柳国《りゅうこく》の中でも寒暖差があまり酷くなく過ごしやすい地域にあり、夏もそこまで暑くはならない。けれど、汗も掻かないほどに爽やかに涼しいわけではない。多少過ごしやすいというだけらしい。

この杷蘇《はそ》村は山中にあるので、真夏でも朝晩は寝苦しくない程度の気温だが、日中はやはり暑くなる。今日は雲ひとつない快晴の上に気温も高めで、真夏のような暑さだった。強い陽射しの所為で赤くなった腕を見て溜め息を零しながら、螢月《けいげつ》は苦笑した。

「また焼けたの？」

腕を気にしている様子に気づいた母が、僅かに顔を顰める。

「気をつけなさい。あなたは月香《げっか》と違って皮膚が弱いのだから」

螢月《けいげつ》の肌は特に日光に弱い。すぐに熱を持って腫れてしまうのだ。色白の月香《げっか》は意外にも肌が強い。陽に焼けても赤くなるだけですぐに引くし、そのまま黒くなることもない。羨ましいことだ。

一応気をつけてはいたのだけれど、と思いながらも、反論はせずに頷いた。

糸を切って針を置いた母は、苦笑して立ち上がる。

「冷やすついでに汗も流してしまいなさいな。水汲んで来るから用意して」

「ええ？　いいよ、そんなの……」

確かに汗は掻いたけれど、そんなに臭うほどではない。寝間着に着替える前に拭こうと思っていたので、まだ少し早い。

嫌そうに遠慮する螢月《けいげつ》に、母は楽しげな笑みを浮かべる。

「なにを言うのよ。いいから支度なさい。それで、お祭りに行ってらっしゃいな」

その言葉にハッと息を呑み、螢月《けいげつ》は僅かに眉を寄せた。

あまり嬉しそうには見えないその様子に、母は首を傾げる。

「行かないの？」

「だって、月香《げっか》が……」

言いかけ、やめた。なんだか言い訳みたいだ。

溜め息を零して視線を逸らすと、その俯きかけた顔を上げさせるように母が頬に触れてきた。

「家のことは気にしなくていいのよ。あなたはどうしたいの、螢月《けいげつ》?」

「母さん……」

「行きたくないならいいの。でも、そういうわけでないのなら、少し気晴らしをしていらっしゃい」

螢月《けいげつ》は昔から家の手伝いをよくするいい子だった。今でもそれは変わらないどころか、成長と共に更に手際がよくなり、ほとんど主婦のような状態だ。そのことで大変助かってはいるのだが、このままでは伴侶を探すこともままならない。

妹の世話もよく焼いて、苦労もたくさんかけたのはわかっているので、いい相手を見つけて嫁ぎ、幸せになって欲しいと思うのが親心というものだろう。

この地域では螢月《けいげつ》達一家はまだまだよそ者扱いであるので、縁談を探すとなるとなかなか難しいものがある。仕事関係の知り合いとして、薬種問屋のご主人などを頼ることも出来るが、あまり期待は出来ない。華宵楼《かしょうろう》の主人も年頃の螢月《けいげつ》の為に口を利いてやってもいいと言ってくれていて、妓楼関係から求めた縁談というのは裕福で安泰な家柄が選ばれそうではあるが、けれど少々外聞が悪いような気もする。そういった現状から、嫁ぎ先は螢月《けいげつ》が自力で探すべきなのだ。

そんな母の気持ちはわかるつもりなので、螢月《けいげつ》はかなり躊躇ったあと、了承の意味で頷いた。

母が嬉々として水を汲みに行ってくれたので、螢月《けいげつ》は衝立《ついたて》と盥《たらい》を用意して、替えの肌着を持って来る。溜め息をつきながら袍《ふく》を脱ぎ落とし、髪を解いた。

本当は祭りに行くような気分ではない。けれど、若い娘らしくそういう場に出かければ母が安心するというのなら、期待に応えるのも必要なことだろう。

もう一度溜め息を零したところで母が戻って来たので、礼を言って盥の中へ屈んだ。

「随分赤くなってるわね」

腕と首を見た母が呟く。螢月《けいげつ》も頷いた。

「お水、冷たくない？」

「大丈夫。気持ちがいい」

「やっぱり熱を持っているのね。まだ真夏でもないのに……」

溜め息を零されたので苦笑するしかない。今日は特別晴れていたから仕方がないのだ。

腕を冷やしている間に背中を流してもらい、さっぱりとすると、着替えている間に母はそそくさと奥へ行ってしまった。

なんだろう、と思っているとにこにことしながら戻って来る。その手にあったものを見て、螢月《けいげつ》は思わず頬を染めた。

「これ、着るんでしょう？」

母が持って来たものは、夏の草原のような青みの深い襦裙《きもの》だ。

あの日——鴛翔《えんしょう》を杷倫《はりん》の街に送って行った螢月《けいげつ》は、華宵楼《かしょうろう》と薬種問屋で用事を済ませたあと、預けてあった飾り紐を受け取りに行くと、一緒にこの襦裙《きもの》が用意されていた。

こんな高価なものは受け取れない、と慌てて断る螢月《けいげつ》だったが、既に代金を受け取ってしまっているので困る、と店主夫婦に訴えられては拒絶も出来なかった。

持ち帰って両親に説明すれば、やはり渋い顔をされた。よその人から気軽にもらうには少々高価だからだ。

けれど、螢月《けいげつ》の晴れ着は月香《げっか》にあげてしまっていたので、有難く頂いておけ、と母は苦笑したのだった。父は苦々しい顔をしつつもなにも言わなかった。

「素敵な色合いよね」

　着付けを手伝ってくれながら母は言った。

「あなた小柄だから、こういうはっきりした色合いは存在を目立たせてくれて、いいかも知れない」

「そんなに目立ちたくない」

　注目を浴びるのは苦手だ。いつもは一緒にいる月香《げつか》が人々の耳目を集めてくれるので、その陰にいて安心出来ていたのに。

「いいじゃない。せっかくのお祭りなんだから、注目を集めるべきよ」

　人見知りではないが引っ込み思案な螢月《けいげつ》の心中を知りつつも、この襦裙《きもの》は螢月《けいげつ》にとても似合うし、注目されるだろう、と母は嬉しげな笑みを浮かべた。そんな母の様子を見て、螢月《けいげつ》も照れ臭そうに微笑んだ。

「さあ、座って。髪を結ってあげるわ」

「自分で出来るけど」

　にこにこと笑いながら椅子を示す母に、螢月《けいげつ》は肩を竦める。

　駄目よ、と軽く睨まれた。

「せっかく素敵な襦裙《きもの》を着ているのだから、いつもの括り髪じゃもったいないでしょう」

ほらほら、と急かされ、螢月《けいげつ》は仕方なく腰を下ろした。

母に髪を結ってもらうなんて、いつ以来のことだろうか。少なくとも十年は昔のことのように思う。ほんの少し照れ臭く感じながら、いつも持ち歩いている櫛を渡した。

「この飾り紐も色が合ってよかったわね」

碧い玉のついたそれを編んだ髪に巻きつけながら母が笑う。

螢月《けいげつ》もそう思う。そして、もしかすると鴛翔《えんしよう》は、この玉の色に合わせて襦裙《きもの》の色を選んでくれたのではなかろうか、と思えた。

支度が整ったので、母は螢月《けいげつ》をその場に立たせる。そしてぐるりと一周して様子を確かめてから、また嬉しげで満足そうな笑みを浮かべた。

「綺麗よ、螢月《けいげつ》」

身内からであっても、賞賛の言葉はどうにも慣れない。螢月《けいげつ》は頬を染めてはにかんだ。

「母さんも会ってみたかったわ、その人に」

盥の残り水を外に撒《ま》いてしまいながら、母は言った。

「どうして？」

過去に行き倒れている貴人を助けては嫌な目に遭わされたこともあり、母はそういった手当てをすることをあまり快く思っていない。それでも螢月《けいげつ》がやめないので、助けるときは必ず父を伴って行くこと、という約束をさせられている。だから、こんなことを言われるとは思わなかった。

ちょっと驚いていると、母は螢月《けいげつ》の頬へ手を伸ばした。

「あなたがね、とても娘らしい表情をしているから」

優しく囁くように告げられた言葉に、螢月《けいげつ》は首を傾げて瞬く。しかしすぐに意味に気づき、頬を染めて視線を逸らした。

「そういうのじゃ、ないから！」

否定の言葉を吐き出すと、楽しげに笑われた。

「でも、素敵な人だったのでしょう？」

「そっ……っ、わからないわよ」

言い返しながら、頬が熱くなってきていることに気づく。きっと赤くなっているのだ。

鴛翔《えんしょう》が素敵な人かどうかなど螢月《けいげつ》にはわからない。けれど、身分に胡坐《あぐら》を掻いた横柄さがなく、真面目で誠実そうな人柄に好感は抱いていた。

しかし、いくら螢月《けいげつ》がそう感じていたとしても、都人の彼とは二度と会うことはないだろうし、そもそも親しくなれるような身分ではない。あの数日間だけの関係だったのだ。

そう思って螢月《けいげつ》が知らずうちに溜め息を零していると、母がもう一度頬に触れてきた。

顔を上げさせられ、正面から見つめられる。

「螢月《けいげつ》。あなたに話しておかなければならないことがあるの」

母の声は静かに、けれど逃げるのを許さないような強さを含んで、ゆっくりと言い含めるように発せられた。その雰囲気に呑まれ、聞き返す螢月《けいげつ》の声も緊張を孕む。

「明日のお昼、お父さんが戻ったら、ゆっくり話しましょう」

父はまた炭焼き作業に入る為に、いつもの小屋で下準備をしている。薬草の注文も入っていたので、そちらの準備もあって今夜はあちらに泊まるようだ。

「だから難しい話は明日よ。今夜は悩みごとは全部置いて行って、お祭りを楽しんでいらっしゃい」

そう言って母は表情を緩ませ、小遣いをくれた。月香《げっか》に持って行かれてしまったので、螢月《けいげつ》は遊びに行く軍資金がなかったのだ。

ありがたく小遣いを受け取ると、外でパパンと爆竹の音がした。祭りが始まる時刻になったのだ。

その音を聞いた母の優しい笑顔に送り出され、螢月《けいげつ》は山を下りた。

夏至祭のお陰で、杷倫《はりん》の街はいつもよりも活気づいている。人通りの多さはもちろんのことだが、大道芸人が何組も芸を披露していたり、食事処《どころ》の前には食べ歩きに適した串焼きなどの出店がある。

山道を下る途中で友人達と合流した螢月《けいげつ》は、そのまま一緒に露店を冷やかして歩いた。

「いいなあ、螢月《けいげつ》」

出来立ての月餅を頬張りながら、小蘭《しょうらん》が言った。

「なにが？」

同じく月餅を齧りながら螢月《けいげつ》は首を傾げる。

「新しい晴れ着。買ってもらったんだ？」

小蘭《しょうらん》が示すのへ、葉花《ようか》と春明《しゅんめい》も同意して頷いた。

その言葉に螢月《けいげつ》は喉を詰まらせて、ちょっとだけ噎せる。

「前の桃色の晴れ着も可愛かったけど、その色の方が螢月《けいげつ》には似合ってるよ」

咳《せ》き込《こ》む螢月《けいげつ》の背中を摩ってやりながら春明《しゅんめい》が微笑み、他の二人も同意する。螢《けい》月《げつ》は頬を染めながら礼を言った。

友人達は、この襦裙《きもの》をくれたのが家族以外の男の人だということを知らない。そのことで螢月《けいげつ》は秘密を抱えているような気分になって、悪いことをしているようなちょっとした背徳感と、それを黙っている高揚感に胸の奥を高鳴らせていた。

性根が悪いわ、とそんな自分の心の内を叱りたくなるが、でもやはり、なんだかドキドキするのを止められない。

「やだ、螢月《けいげつ》。真っ赤になって」

「もう少し月香《げっか》みたいに、当然でしょ！　ってしてればいいのに」

「う、うん……えへへへ」

耳まで真っ赤になって照れ笑う様子に、三人は呆れて微笑んだ。

「本当にあんた達姉妹って似てないよね」

小蘭《しょうらん》が残念そうに言うと、他の二人も同意した。

「顔はまあ似てるんだけどさ」

「螢月《けいげつ》はもう少し月香《げっか》の図々《ずうずう》しさを、月香《げっか》は螢月《けいげつ》の謙虚さを見習うべきよ」

「あんた達、二人を混ぜて分けたような性格だったら丁度よかったのにね」

そうかなあ、と螢月《けいげつ》は首を捻る。けれど、友人達は口を揃えてお互いに同意しているので、人から見たらそう感じるのだろう。確かに母からも、もう少し積極的になるべきだ、と助言を受けたことはある。母も同じように感じていたということなのか。

「そういえば、月香《げっか》まだ帰らないの？」

残りの月餅を飲み下してから、螢月《けいげつ》は頷いた。表情が僅かに暗くなる。小蘭《しょうらん》
尋ねてきた葉花《ようか》は「そっか」と頷き、同じように気落ちした表情を見せた。小蘭と春明《しゅんめい》も同様だった。

賑《にぎ》やかしい祭りの場で沈鬱な雰囲気になってしまったことにハッとし、螢月《けいげつ》は慌てて笑顔を浮かべる。

「そのうち帰って来ると思うの。あの子のことだから、もしかすると、お金持ちの素敵な人に見初められてたりして」

そんな冗談を明るく口にしてみると、友人達も「そうね」などと頷きながら、ぎこちなく笑みを返してくれる。ホッとした。

月香《げっか》の出奔は既に村中に知れ渡っていて、みんな表向きは案じてくれている。裏でどう言われているかは知らない。

元々月香《げっか》は猫のように気紛れなところがある娘だったので、いつかはこうなるだろ

う、と誰もが思っていた節はある。螢月《けいげつ》達家族だってそうだ。それでも、実際にそれが現実になってみると、やはり心配で堪らない。

溜め息が零れそうになるのをぐっと堪えて、螢月《けいげつ》は友人達に笑みを向けた。せっかくの祭りなのだから、こんな暗い表情も気を遣う話題も無粋だ。

お腹空いちゃったわね、などと言いながら串焼きも食べようと屋台を覗いていると、夕鈴《ゆうりん》も同じように覗き込んでいることに気づいた。

声をかけると、驚いたような、気不味いような表情で頭を下げてくる。

「ひとり？」

「ううん。兄さんと来てるの」

あら、と小蘭《しょうらん》が表情を明るくする。彼女は昔から青甄《せいしん》に好意を寄せていて、月香《げっか》に縁談が伝えられたから、と恋心を諦めることにしたそうなのだが、やはりそう簡単には切り替えられないもののようだ。

屋台の主人が焼き立てを用意してくれると言うので、五人で並んで傍の欄干に凭《もた》れていると、夕鈴《ゆうりん》がまごまごとしながら螢月《けいげつ》の袖を引く。

「あたし、ね……月香《げっか》に、ひどいこと言ってしまったの」

「なんて？」

「莫迦《ばか》、二度と口きいてやんない、って」

今にも泣き出しそうな表情でそう告げると、俯いてしまう。あらまあ、と四人は顔を見合わせた。

「そんな顔しないで、夕鈴《ゆうりん》。どうせあの子が先にひどいこと言ったのでしょう？」

二人の喧嘩はいつもそうだ。だいたい月香《げっか》が先に嚙みついて言い合いになる。そして罵り合って別れるのだ。

いつもはそれから数日で仲直りして、また一緒にいるようになるのだが、今回は月《げっ》香《か》がいなくなってしまったことでそうはならなかった。

夕鈴《ゆうりん》は両目を潤ませながら頷いたが、唇を震わせながら「もしかして」と呟く。

「月香《げっか》がいなくなっちゃったのって、あたしの所為かなって、思って……」

「そんなことないわよ」

螢月《けいげつ》は慌てて宥《なだ》めるように夕鈴《ゆうりん》の頰を撫でてやる。その手の中で、幼さの残る顔がくしゃりと歪んだ。

「でも、でも……あたし、月香《げっか》が出て行くとこ、見てたから……だから……」

ごめんなさい、と言いながら涙をぽろぽろと零し始める。

つまり月香《げっか》は夕鈴《ゆうりん》と言い合いをして、そのまま村を出て行ったのだ。それっきり帰って来なくなってしまったので、夕鈴《ゆうりん》は自分の所為でそんなことになってしまったのではないか、とずっと心を痛めていたのだろう。心配している螢月《けいげつ》達家族の様子を見ていて余計に恐くなってしまったに違いない。

螢月《けいげつ》は夕鈴《ゆうりん》を抱き締めた。

「大丈夫よ、夕鈴《ゆうりん》。あなたの所為じゃない。喧嘩なんていつものことだったじゃない？　それが今回に限って、なんてことないよ。理由は違うわ」

大丈夫、大丈夫、と囁きながら背中を撫でていると、屋台の店主がやって来る。

「ほら、夕鈴《ゆうりん》。串焼き出来たって」

「一番大きいのはどれかなぁ？」

「熱々のうちに食べよう」

友人達も口々に明るく言い、夕鈴《ゆうりん》を泣《な》き止《や》ませようとする。

こくりと頷いた夕鈴《ゆうりん》は顔を上げ、袖口で涙を拭いながら、差し出された串焼きを受け取った。洟《はな》を啜りながらもひと齧りした様子を見て、年長者達はホッと微笑む。

そんなことをしていると、橋向こうから青甎《せいしん》がやって来た。両手に飴《あめ》細工や紙細工などを持っている様子から見るに、夕鈴《ゆうりん》を元気づけようとして買い込んで来たのかも知れない。

真っ赤な顔でむしゃむしゃと串焼きを頬張っている様子に少々面食らったようだが、何処か安堵したような表情になりながら、飴細工を差し出した。

「わあ、蝶々《ちょうちょう》！」

「花の方がよかったか？」

「ううん、これでいい。ありがとう、兄さん」

そう言って夕鈴《ゆうりん》は笑みを浮かべる。

ずっと胸の奥に痞《つか》えていたことを吐き出せたので、少し気分が晴れたのだろう。笑顔は心からのものに思えた。

そんな妹の様子に青甄《せいしん》もホッとしたようで、僅かに口許を緩ませた。

よかったね、とみんなで笑い合う。夕鈴《ゆうりん》も頷き、飴細工をほとんど沈みかけの夕陽《ゆうひ》に翳《かざ》して見つめる。薄紅色だった飴細工の蝶が残照を受け、鮮やかな朱に染まって煌めき、日没と共に徐々にその輝きを落ち着けて行った。

「螢月《けいげつ》」

夕鈴《ゆうりん》の口許についた串焼きの脂を拭いてやっていると、青甄《せいしん》が声をかけてくる。

なんだろう、と思って振り返ると、真面目な目つきで「少し話がしたい」と言われた。螢月《けいげつ》は微妙な表情をするしかない。

そんなやり取りを見ていた友人達は、さっと夕鈴《ゆうりん》の手を掴む。

「じゃあ、私達はちょっと見て回ってるから」

「夕鈴《ゆうりん》のことは任せておいてよ、青甎《せいしん》」

「花火が始まる頃に一番柳に集合ね」

そんなことを口々に言うと、さーっと立ち去ってしまう。呼び止める隙もなかった。

溜め息を零しながら、仕方なく青甎《せいしん》を振り返る。

「お話ってなんでしょうか？」

「……そんなに警戒した表情しないでくれよ」

無意識に嫌そうな顔になってしまっていたらしい。さすがに感じが悪いだろうと思って、取り敢えず咳払いをする。

「月香《げっか》のことなら……」

「いや、月香《げっか》のことじゃなくて」

言いかける先を制して、青甎《せいしん》は螢月《けいげつ》の手首を掴んできた。

いきなりなにをするのだ、と目を丸くしていると、その手に簪を握らされる。瑪瑙か珊瑚かはわからないが、赤い玉が紅梅を模《かたど》っている。

「俺の嫁に来ないか？」

これはなんだろう、と驚いていると、そんなことを言われる。

雑踏のざわめきに掻き消されることなくはっきりと聞こえたその声に、螢月《けいげつ》は言葉を失い、ただただ目を丸く見開いた。


若者達のほとんどが街の方へ下り、僅かに閑散とした杷蘇《はそ》の村外れに、ようやく訪れた夜陰を縫って蠢《うごめ》く影があった。

村の中程に在る広場では、夏至祭の篝火が焚かれている為、家々の合い間の闇は濃い。そのお陰か、潜みながら駆け抜ける影達は、広場に集まって酒盛りをしている人々には微塵も気づかれていないようだ。

ぬるりと目的の場所にまで到達し、最終確認の為に物陰に集う。

首領格が覆面を僅かにずらして口許を見せ、軽く汗を拭った。

「この家だな？」

右隣にいた男に尋ねると、是、と返事がある。

「村落入り口から北側の、裏手に茅《かや》の環《わ》が掛けてある家――ここに違いありません」

暗がりの僅かな月明かりに照らされた裏口を見上げ、男達は頷き合う。閉ざされた戸の軒先に、黄色い布の巻きつけられた茅の環の飾りが下がっている。

「茅の環飾りか……」

同じく見上げて確認した首領は、小さく舌打ちを零し、苦々しげに吐き捨てた。

それがなんだというのだろう、と部下達は僅かに首を傾げる。

「お前達の世代は、もう知らんのか」

残念そうに溜め息を零すが、そこまで年は離れていない。部下達は苦笑《にがわら》った。

「茅の環に黄色の布を巻きつける飾りは、今は亡き金輪国《クムワこく》では魔除《まよ》けと家内安全の意味があって、どの家にもあったものだ」

説明をしてやりながら覆面を戻した首領は、環飾りを見上げて眉を寄せる。

金輪国《クムワこく》——嘗て、この柳国《りゆうこく》に隣接していた戦闘部族の治めた小国は、その高い武力を危惧した先王の時代に、幾度となく交戦した末になんとか討ち滅ぼした。

以来二十年近く、残党の報復襲撃に因る小競り合いが度々起こり、十年ほど前にそれもようやく収まったところだ。今はもうそういった戦は起こらないようになった。

その忌まわしい国の風習を受け継ぐ家があるなどと、と首領は舌打ちする。

つまりこの家は、金輪国《クムワこく》に所縁ある者が居住しているのだ。それが次期国王である世太子の想い人の生家だというのならば、その娘は、金輪国《クムワこく》の残党の血を引いていることになる。

賤民の妃嬪というだけでも問題だというのに、その上、蛮族の血筋の人間だなど冗談ではない。そんな穢れた血を貴き王室に入れるわけにはいかないではないか。

首領はすっと手を振り、部下達に指示を出す。

頷いた部下達はすぐに行動に移り、予定されていた作業を素早く開始する。ある者は持参した干し草を家の周りに撒き、ある者はその上から油を撒いて染み込ませ、ある者は戸口に鎹《かすがい》を差し込んで留めてしまう。万が一にも誰かが中へ入り込み、巻き込まれないように。

急げ、と首領は小さく声をかけた。いくら祭りで人々が街や広場に集まっているからといって、いつそれが解散し、帰宅するかはわからないからだ。

彼等が上司から指示されたのは、世太子の想い人の生家を焼き払え、というものだった。

それはあまりにも惨《むご》くはないだろうか、と躊躇はした。後ろ暗い仕事を請け負うことは何度となくあったことだし、この手も既に血に塗れてはいる。それでもやはり、主人の政敵というわけでもなく、何の罪もない民を手にかけるのは苦しい。

自らを納得させることが出来ないままに村に来てみれば、家人は祭りで外出しているようであるし、命令を遂行しても死人が出るような被害はなさそうだ。夏至祭の日に丁度重なったことがよかったのだ。

これならば、住居を失くしたここの家族が村を離れることになり、それで世太子と賤民の娘は行き違いになる程度で済む。家財を失うことになるのは可哀想ではあるが、命があればいくらでも生きて行けるだろう。

恐れ多い身分に押し上げられるより、今まで通り身の丈に合った生活で家族と暮らしている方が、その娘にもいい筈だ——首領は自分の心にそう言い聞かせて納得させながら、火打ち石を打った。

油を染み込ませた干し草は、その小さな火の粉をするりと呑み込み、僅かに吹きつける生温《なまぬる》い風を吸い込んで大きくなり、あっという間に火柱となった。

その炎が家の壁にも燃え移ったことを確認すると、男達は再び夜陰に紛れ、風のように素早く立ち去る。

これで目的は達した。あとは村人達が気づいて火を消してくれれば、家一軒の被害で治まる予定だ。隣家から多少の距離もあるし、あまり風が強くないことも幸いして、他の家に燃え移ることもないだろう。

待たせていた馬に跨りながら、それでも、首領の胸の内には少しだけの後悔があった。

いくら小さな山奥の村で、国益にはほとんど繋がりのない程度の場所であっても、焼き払ってしまえとは、随分と乱暴な指示だった。僅かな間違いが起これば、百数十人ほどの村人達は、炎に巻かれて死んでしまうことになる。狩猟場として人気の山がひとつ燃えることになるかも知れない。

それでも、世太子の想い人という娘を始末してしまう方が、遥《はる》かに重要なことだったのだろう。貴人の考えることはわからない。

山道を駆け下りながら振り返るが、炎はまだ見えるほどには大きくなっていないようだ。このまま大事にはならず、予定通りに事態が進んでくれることを祈りながら、馬に鞭《むち》を当てた。

十二　火の手

僅かな寝苦しさを覚えて月蘭《げつらん》は寝返りを打つ。

やけに暑い。真夏でもこんなに暑く寝苦しい夜は、今までに経験したことがない。

汗が伝う首筋を無意識に掻いて深呼吸すれば、思いがけずに咳き込むことになった。

自分の咳《せき》に驚いて目を覚ますと、視界が昼のように明るい。飛び起きてみれば、そこは炎と煙に包まれていた。

火事だ、と青褪めると同時に、再び咳き込んだ。

(これはなに⁉　何故⁉)

夕暮れ前には早めの夕飯も食べ終え、竈の火の始末もきっちりとした。寝室に入るまでにはまだ少し残照があったので灯りは使わなかったし、こんなことになるようなことはしていない筈だ。

混乱しながら咳き込む。酸素が薄くなっているのか息苦しさを感じてくらくらとするが、とにかく家の外へ逃げなければ、という意識だけは取り戻した。

着替えている余裕などはないのでとにかく立ち上がったが、息苦しさと熱さの所為で眩暈を感じてよろめき、倒れ込むように膝をつく。慌てて呼吸を落ち着け、改めてなんとか立ち上がった。

煙を吸わないように口許を押さえ、持ち出すべきものはなにか、どれくらい時間があるか、と考えようとするが、炎がまわりを取り囲んでいる様子に手足が震え、それどころではない。

震える手でなんとか抽斗《ひきだし》から財布を引《ひ》っ摑《つか》み、生活費の確保だけはする。家財道具や服などが燃えてしまったとしても、当面の費用さえあればどうとでもなる。

（とにかく、外に――）

咳き込みながら見回し、とにかく出口へと、容赦なく降り注いでくる火の粉を避けながら寝室を出た。

そこはもう既に炎に包まれていた。逃げなければいけないのはわかっているのに、手足が震え上がって上手く身動きが取れない。先程からずっと息も苦しい。最近寝つくことが多くて、身体が萎えていたこともあるのだろう。

その頃には外から人の声が聞こえてきた。

「なんじゃあっ⁉」

「おぉい！　白《はく》さんの家が燃えてるぞ！」

「こらいかん！　水！　水持って来い！」

聞き知った村人達の声に安堵し、月蘭《げつらん》は「助けて」と何度か声を上げた。苦しくてか細くはあったが、みんなはその声にすぐに反応してくれる。

「声が聞こえたぞ⁉」

「月蘭《げつらん》さんが中におるんだ！」

「とにかく水だ！　桶！」

「戸を打ち破る方が早くねぇか⁉」

わあわあと行き交う人々の声にホッとしつつ、手足の震えを抑えて戸口へと向かう。

しかし、大切なものを持ち出さねばならぬことを思い出し、慌てて寝室へと取って返した。

しまわれている戸棚はまだ燃えてはいなかった。出来る限り急いで駆け寄り、大切に仕舞い込んでいた包みを引《ひ》き摺《ず》り出《だ》す。

無事でよかった、と抱え直したときに、不意に違和感を覚えた。

妙に軽いのだ。

重さのあるものをしまっているわけではないのだが、それにしても軽い。中身は硬いものもあり、振れば音がするくらいに余裕がある箱に入れてあるというのに、これだけ動かしてもことりともしない。

外で村人達が消火の為に水をかけてくれている音を聞きながら、月蘭《げつらん》は慌てて包みを開いた。そんな余裕がないことはわかりきっているのだが、確かめないわけにはいかない。

「——…ない⁉」

火の粉がかからないように覆《おお》い被《かぶ》さるようにして蓋を開けた瞬間、思わず悲鳴じみた声が零れた。

大切に布で包んで隠していた箱の中は、空っぽだったのだ。

何度見てもなにもない空洞に、月蘭《げつらん》は青褪めた。

(何故⁉　このことは、誰も知らない筈……)

ここには簪と手紙が一通しまわれていた。簪は換金すればそれなりの価値になるものではあったが、手紙などはただの紙だ。習字の手本になるほどの名文が綴られていたわけでもない、ただの手紙だ。

誰に盗まれたというのだろうか。月蘭《げつらん》と螢月《けいげつ》以外にはなんの意味も持たないものなのに。

焦る頭で必死に考えを巡らせ、ひとつの結論に行き着く。

まさか、と呟き込みながら身震いしたとき、外から声が聞こえた。
月蘭《げつらん》はその声に振り返り、炎の壁に向かって声を張り上げる。

「スウォル――――ッ!!」

その声を掻き消すように、天井から大きな梁《はり》が焼き崩れてきた。
月蘭《げつらん》の悲鳴が聞こえると同時に家の一部が崩れ、それを見て、いてもたってもいられなくなった守月《しゅげつ》は頭から水を被り、皆が制止するのも聞かずに燃え盛る家屋の中へと飛び込んだ。
そんなに広い家でもないから、煙《けむり》に巻《ま》かれた月蘭《げつらん》の姿はすぐに見つけられた。

「月蘭《げつらん》!?」

寝室だった場所に倒れている姿を見つけて駆け寄り、その細い身体の上に載った梁を持ち上げる。燃えたその木材は相当に熱かったし、皮膚が焦げるのも感じられたが、そんなことに構っていられるような余裕はない。

「ぐうう……っ!」

それなりの重量がある梁を月蘭《げつらん》の上からなんとか持ち上げ、投げ飛ばす。火の粉が舞い上がって襲いかかって来るのを、慌てて腕で庇《かば》って目に当たるのだけは避けた。両の掌が焼け焦げて酷い有様《ありさま》になっていたが、それよりも月蘭《げつらん》の状態の方が重要だ。

「月蘭《げつらん》！　月蘭《げつらん》！」

必死に呼びかけながら抱え起こす。瞼が微かに震え、吐息混じりに「スウォル……」と名前を呼び返してくれた。

守月《しゆげつ》が何故ここにいるのだろう、と月蘭《げつらん》は思った。彼は今夜、少し離れた村の外の炭焼き小屋に泊まっている筈なのに。

僅かに首を傾げるとその気持ちが伝わったらしく、言葉少なに、村が燃えているのが見えたからだ、と告げてきた。

休憩がてら花火でも眺めようと外に出てみると、村の方が異様な明るさに染まっているのが見えたのだ。祭りの夜の定番で、広場で焚火《たきび》を囲んで宴会をしているものだが、それとはまた違った明るさだった。

異変があったのだと素早く悟り、急いで戻ってみれば、住み慣れた我が家が燃えているのだから青褪めた。

「よかった、月蘭《げつらん》……」

反応を返してくれたことに安堵の息を吐いたが、のんびりとしているような暇はない。こんなところからは一刻も早く逃げなければ。

ぐったりとした月蘭《げつらん》を抱き上げて振り返ると、たった今入って来たばかりの場所に燃えた天井が崩れ落ちてくる。その様子に外の村人達からも悲鳴が上がった。

「守月《しゅげつ》さん！　無事か⁉」

思わず舌打ちが出るが、じっくりと考えている時間などなく、一瞬でも惜しい。

村人達の呼びかけに「大丈夫だ」と怒鳴り返すと、湿り気の残る上衣を脱いで月蘭《げつらん》を包み、火の粉から庇うようにしっかりと抱え込む。小さな呻き声が上がったが、我慢をしてもらうより他はない。

すべてが焼け崩れてしまう前に出なければ、と覚悟を決めたところで、外から聞き知った悲鳴が聞こえた。螢月《けいげつ》だ。

「母さん！　母さんは何処⁉」

「駄目だ、螢月《けいげつ》！　火に巻かれるから！」

「でも母さんが！」

娘の悲痛な声に、月蘭《げつらん》が僅かに反応した。守月《しゅげつ》は頷き返し、月蘭《げつらん》を抱き締める腕に更に力を込める。

ぐっと強く踏み込み、炎花の舞う中を駆け抜ける。

炎と熱風の壁を突き抜けて飛び出すと、消火に尽力してくれていた村人達の間からどよめきが起こった。

「守月《しゅげつ》さん！ あんたなんだって無茶を！」

「おい、水！」

炎で嬲られて赤くなった肌に水がかけられると痛みが走ったが、守月《しゅげつ》は短く呻くだけで堪え、抱えて来た月蘭《げつらん》をその場に横たえた。

「母さん！」

村人達に押さえられていた螢月《けいげつ》が駆け寄って来て、ぐったりとした月蘭《げつらん》の傍に膝をつく。

「なんで……なんで、こんなことに……っ」

炎熱の所為で赤くなり、煙と煤《すす》で黒く汚れた母の顔を見て、螢月《けいげつ》は涙を溢《あふ》れさせた。

火の不始末などするような人ではない。日暮れ前には食事を終える人なので、今頃こんな事態になっているのも妙な話だ。

残っていた天井が崩れ落ちたが、家を焼く炎はまだ勢いが衰えない。

村の男衆が懸命に消火に当たってくれているが、これはもう、家が焼き崩れるまで消えることはないだろうと思われる。隣家や周囲の畑に燃え移らないように祈るばかりだ。

「──……け、ぃ……げ……っ……」

涙を零す娘へ向かって、月蘭《げつらん》が指先を伸ばす。螢月《けいげつ》は慌ててその手を摑んだ。

「くし、は……もって、い、る……？」

何故こんなときにそんなことを尋ねるのだろう、と螢月《けいげつ》は驚いた。だが、すぐに頷いた。いつもは帯に挟んでいるが、今は腰に下げた巾着の中に財布と一緒に入れてある。

そう、と月蘭《げつらん》は微かに頷いて笑い、僅かに指先を動かして、螢月《けいげつ》の手を握り返す。

「だい……じに、もって……いるの……よ……」

「喋らないで、母さん」

途切れ途切れ苦しげに話す母の声に、螢月《けいげつ》は首を振る。こんなときに無理をしてまで話すような内容ではないではないか。

「医生《いしゃ》はまだか」

村長である孫家の当主が汗を拭きながら尋ねる。この村には医生《いしゃ》はおらず、重篤な症状の者がいれば杷倫《はりん》の街まで呼びに行くのだ。

「さっき青甎《せいしん》と飛虎《ひこ》が行ったよ。……まだかかるだろう」

月蘭《げつらん》の胸から下に血が滲んでいる様子を見て、答える男は痛ましげな表情になる。手当てが間に合わないかも知れない、と思ったのだろう。

家にあった薬や包帯などを持ち寄った女達も、横たわる月蘭《げつらん》の姿を見て、それぞれが静かに拳を握り締めて涙ぐんだ。

嗚咽を零す螢月《けいげつ》を見つめてから、月蘭《げつらん》は守月《しゅげつ》の姿を捜す。すぐ隣に項垂《うなだ》れるようにして座っていた姿を見つけると、螢月《けいげつ》が握っている手とは反対の手を差し出し、その膝頭に触れた。

「ス……ウォ、ル……」

呼びかけると、煤で汚れた顔がハッと向く。耳を口許に近づけ、掠れる小さな声を聞き逃すまいと耳を澄ませる。

「ウォ……ヒャン、は……ろ、くげ……に……」

その言葉に守月《しゅげつ》は双眸を瞠る。月蘭《げつらん》は静かに頷き返した。

「わかった。捜し出す」

それが守月《しゅげつ》の答えだった。

螢月《けいげつ》には二人のそのやり取りの意味はわからない。こんなときにいったいなんの確認をし合っているのだろう、と不思議で堪らなかったが、なにかが通じ合っているらしい二人の様子を見て、なにも言えはしなかった。

伝えたかったことを言い終えた月蘭《げつらん》は苦しげに息を吸い込んで、吐き出すように小さく「すまない」と零した。呼吸が浅く速くなる。

その声を聞いた守月《しゅげつ》は双眸を瞠り、首を振る。何度も首を振りながら、その手を握って顔を近づけ、苦しげに表情を歪めた。

月蘭《げつらん》はもう一度、すまない、と零す。

「おまえ……の、じん、せぃ、を……しば、って……しま……った……」

「そのようなことは……！」

絞り出すように零される悔恨の言葉に、守月《しゅげつ》は何度も首を振る。否定する。

人生を縛られただなんて思ったことは一度もない。月蘭《げつらん》の傍へつくようになったのは、初めは命じられてのことだったが、そのあとは望んで傍に留まったのだ。そのことを彼女の所為だとは欠片も思っていない。

けれど、月蘭《げつらん》は守月《しゅげつ》のその答えを拒絶するように、僅かに首を動かした。

「すまない……あり、が、とう……」

そう囁いて微かな笑みを浮かべたあと、身体からふうーっと力が抜け落ちて行くのを、握った手を通して螢月《けいげつ》も守月《しゅげつ》も感じ取った。

「母さん？」

螢月《けいげつ》は呆然と母の顔を覗き込む。先程よりも穏やかな表情をしているが、呼吸は辛《かろ》うじてまだある。

「お医生様《いしゃ》は⁉」

溢《あふ》れ出《で》る涙を堪えながら振り返り、まだ来ないのか、と確認するように周囲に投げかける。残念ながら誰も答えられる者はいなかった。

叫び出しそうになる声を堪えて母の手を握り締めながら、どうしてこんなことに、と答えのないだろう問いかけを心の内で繰り返す。

「母さん、しっかりして。母さん……！」

螢月《けいげつ》の嘆く声を聞きながら、月蘭《げつらん》はゆっくりと瞼を開け、真上に輝く白い半月を見上げた。

――この者はスウォル。月を守ると書く。

何処からか、嘗ての父の声が聞こえた。

父はそう言って、薄汚れた身形《みなり》の守月《しゅげつ》と、幼い月蘭《げつらん》を引き合わせたのだ。あの日も、こういう少し太った半月が静かに輝く夜のことだった。

窶《やつ》れて疲労を濃く滲ませる表情の中で、守月《しゆげつ》は強い光を宿す鋭い目をしていた。その目のあまりの強さに幼い月蘭《げつらん》は怯えた。ギラギラとして獰猛《どうもう》で、食い殺されるのではないかと思えてしまったのだ。

月を守るということはお前のことを守ってくれる者だ、と父は笑った。お前の護衛に相応しい名だろう、と。

父の笑い声を聞きながら、そんな話はどうでもいい、と月蘭《げつらん》は心底思った。寧ろやめて欲しいとさえ思った。

護衛ということは、ずっと傍にいるということだ。外出をするときなどは絶対について来るだろう。それがこんなにも目つきの鋭く恐ろしい空気を持った少年だなんて、月蘭《げつらん》は泣き出したいぐらいに恐かった。

彼が纏うその刺々しい雰囲気が、彼が多くのものを喪《うしな》い、傷つき、己の心を守る為に必死になっていた結果だと知ったのは、共に過ごすようになって随分経ってからのことだ。

月から視線を逸らし、手を握ってくれている守月《しゆげつ》の顔を見上げる。

焼け焦げた髪が額や頰を覆っていて、その表情はよく見えない。けれど、泣きそうな目をしているような気がした。

言葉の発音が苦手な故に口数が少なく、感情を押し殺したようにしている為に常に仏頂面で、動作もぶっきら棒な彼は、本当はとても心優しく細やかな気遣いを向けてくれる。表に見せるのが下手なだけで実は感情豊かで涙脆《もろ》いところがあるのも、月蘭《げつらん》だけは知っている。

(泣かないで)

囁いた言葉は、ちゃんと音になっていただろうか。

(ありがとう、スウォル)

焼けた所為で短くなった髪が、初めて出会った頃に似ている、と月蘭《げつらん》は思った。

月蘭《げつらん》より八つ年上の、不思議な金色の瞳をした異国の少年。家族を喪い、故郷を奪われ、嘗ての同胞に利用されて傷つき、行く当てもなく放浪していたところを父が拾って来た。

あの日から二十六年。

周囲を偽って夫婦として暮らして、十八年。

可愛い娘達にも恵まれて、決して裕福ではなかったけれど、家族四人で穏やかな日々を暮らせて――

「しあわせ、だった……」

十三　葬送と門出

燃え盛っていた火がすっかり消える頃、ようやく医生《いしゃ》がやって来た。

その頃には月蘭《げつらん》は静かに眠るように息を引き取ったあとで、医生《いしゃ》はそれをきちんと確認し、螢月《けいげつ》や、まわりに集まった村人達に「わたしの役目は終えているようだ」と告げた。

焼けた梁に押し潰されたことが直接の原因で、その傷は手の施しようがなかっただろう、と言う。煙や火の粉を吸い込んでいたことも要因となっていて、どちらにしても助かりようはなかった、ということだった。

医生《いしゃ》は掌と背中に大きな火傷を負った守月《しゅげつ》の手当てをし、消火活動の際に軽い火傷を負った村人達の様子も診てから、深夜の山道を下って行った。

「取り敢えず、月蘭《げつらん》さんを広場に安置しよう」

こんな焼け跡の傍に寝かせておくよりはいいだろう、と村長は言う。

その言葉に皆が同意し、両の掌を火傷している守月《しゅげつ》に代わり、他の男衆が戸板に乗せて祭りの篝火が照らす広場へと運んでくれた。

「今夜はここで守り番をして、明日、葬儀をしてはどうだね？」

突然襲いかかった事態に思考がついていけず、茫然とした様子で佇《たたず》んでいる螢月《けいげつ》に、村長は尋ねる。涙をぼろぼろと零しながらきょとんとして見つめ返してくる様子に、ああ、と小さく溜め息を零すと、手を借りながら歩いて来た守月《しゅげつ》に向き直る。

「守月《しゅげつ》さん。葬儀は明日でどうだね？」

呼びかけられた守月《しゅげつ》は、僅かに顔を顰める。

「あまりにも突然のことだったし、受け入れられないのはわかるよ。でも、この気候だろう？　せっかく綺麗な様子で眠っているのに、傷ませちゃあ可哀想だろう」

村長からの至極尤もな提案だったが、守月《しゅげつ》はすぐには答えられずに口を噤み、篝火に照らされる月蘭《げつらん》の亡骸《なきがら》を見遣った。

確かにここ数日の暑さを考えると、すぐに遺体の腐敗は進むだろう。保《も》っても三日というところだ。

遺体の腐敗が進めば疫病を生む可能性もある。獣もやって来るかも知れない。こういった山中の小さな村では、葬式はなるべく早くに行ってしまうのが慣例だ。

妻の遺骸を見つめる守月《しゅげつ》の気持ちを汲《く》み取《と》った村長は、彼の傍らに立ち、静かに横たわる亡骸を同じように見つめた。

「――…なるべく早く、神仏の許へ送ってやろう」

優しく零される声音は気遣いに満ちていて、守月《しゅげつ》はその厚意を確かに受け止め、涙を滲ませながら頷き返した。

そんな父達のやり取りを茫然と見ていた螢月《けいげつ》だったが、ふらりと寄って来て、包帯を巻かれた父の手を掴む。

「月香《げっか》が、いないのに？」

涙声の訴えかけに、守月《しゅげつ》は顔を顰めた。螢月《けいげつ》は構わずに続ける。

「月香《げっか》がまだ帰って来ていないのに、母さんのお葬式をしてしまうの？　最後のお別れもさせずに？」

それは少々酷いのではないか、と螢月《けいげつ》は尋ねる。たった一人の大切な母の死に目に会えなかったどころか、きちんとした別れの対面も出来ずに埋葬してしまうなんて、いくら自ら行方を晦ませているとはいえ、さすがに月香《げっか》が可哀想だ。

母はずっと月香《げっか》のことを案じていた。だからこそ、きちんと葬儀に立ち会わせるべきではないか、と螢月《けいげつ》は思った。

守月《しゅげつ》だってそんなことはわかっている。出来ればそうしてやりたい。けれど、肝心の居場所がわからないのだから、これはどうしようもない。

溜め息と共に螢月《けいげつ》の肩を抱き寄せ、仕方のないことだ、と言い聞かせる。螢月《けいげつ》は抗《あらが》うように僅かに身を捩《よじ》ったが、宥めるようにぽんぽんと背中を叩かれると、ようやく納得して頷いた。

「俺が起きているから、お前は少し眠れ」

亡骸の傍に腰を下ろしながら、守月《しゅげつ》は螢月《けいげつ》に言い聞かせる。夏の夜は短いとはいっても、一睡もしないのは身体によくない。

「だったら父さんが眠って。私が番をしてるから」

涙を拭いながら首を振ると、いや、と守月《しゅげつ》も首を振る。

その沈鬱とした表情を覗き込もうとすると、春明《しゅんめい》に呼び止められた。

「二人で、お別れさせてあげた方がいいんじゃないかって、母さんが……」

手招きした春明《しゅんめい》が、言いにくそうに言う。

そんなことを言ったら、螢月《けいげつ》だって最後の別れを過ごしたい。大好きな母との別れなのだから。

けれど――と、螢月《けいげつ》は唇を噛み締め、友人の言葉に頷いた。

螢月《けいげつ》なんかより、父の方が別れを惜しんでいるに決まっている。気を利かせるべきだ。

「うちで休みなよ。ね？」

　項垂れる螢月《けいげつ》を抱き締め、春明《しゅんめい》は広場から立ち去ることを促す。

「眠れないかも知れないけどさ。横になって、目を閉じるだけでも違うよ」

　うん、と頷き、礼を言った。

　父を残しておくのは少し心配だったが、言葉に甘えて春明《しゅんめい》の家に行き、大変だったね、と声をかけてくれる友人家族に頭を下げ、消火に尽力してくれたことなどに礼を告げる。

　お互い様だよ、と言ってもらえたことに安堵し、春明《しゅんめい》の部屋で並んで横になった。

　少し眠れたのかどうかもわからないうちに夜が明け、鶏の声と共に人々が動き出す気配がする。

　春明《しゅんめい》の母は螢月《けいげつ》と守月《しゅげつ》の分も食事を用意してくれたので、深く感謝して頭を下げ、広場で不寝番をしていた父の許へ持って行った。

　父は昨夜最後に見たときと同じ姿勢で、母の傍らに座っていた。

「春明《しゅんめい》のお母さんがお粥くれたの」

　器と匙を差し出すと、いらない、と言うように唇が動きかけたが、用意してもらったものを無下《むげ》には出来ないと思ったのか、頷いて受け取る。螢月《けいげつ》はその横に腰を下ろし、父がきちんと食べるかどうか確認していた。

一晩経っても母は変わらない。顔などに大きな火傷は負わなかったお陰か、見える部分は綺麗な状態で、まるで眠っているようにも見える。

けれど、もうあの優しい声を聞くことはないのだと思うと涙が溢れ、螢月《けいげつ》は両膝の間に額を埋めて肩を震わせた。

しばらくすると村の人々が葬儀を手伝う為に集まって来てくれて、螢月《けいげつ》達にお悔やみの言葉を告げ、痛ましげに表情を歪める。守月《しゅげつ》はその気遣いに礼を言って頭を下げ、手伝いをしてくれることに感謝を伝えた。

野犬や狐《きつね》などの肉食の獣がいることもあり、墓が荒らされることを避ける為に、この辺りの埋葬は火葬を行ってからが普通だった。

手に怪我を負っている守月《しゅげつ》の代わりに月蘭《げつらん》の亡骸を運ぶ為、力のある男達が四人出てきて、そっと丁寧に持ち上げて運び出してくれる。向かう先は村の囲いを出た先にある斎場と墓地を兼ねた場所だ。

茶毘《だび》に付す為の用意を整えながら、母が可哀想だ、と螢月《けいげつ》は涙を落とした。

「火に巻かれて死んだのに、また火を点けるなんて……」

薪を組み上げながら涙を零す娘の様子に、守月《しゅげつ》はなんとも言えない目を向ける。

そうよね、と涙ながらに応じてくれたのは、孫家の奥方だった。彼女は煤に汚れた月蘭《げつらん》の顔を拭いて綺麗にしてくれて、いくつかあった火傷の痕を隠すようにうっすらと白粉《おしろい》をはたき、唇には紅を差してくれた。そうするとますます眠っているようにしか見えなかった。

僧侶は朝一番で青甄《せいしん》が呼びに行ってくれていたらしく、荼毘の為の薪櫓《ろ》が組み上がった頃に、丁度よくやって来てくれた。

螢月《けいげつ》達は喪服の用意がなく、家財も焼けてしまったので着の身着のままで、ほんの少し居た堪れない心地だった。厳粛な葬儀の場に華やかな晴れ着姿というのも気が咎めるのだ。

「気にするな」

人々の視線を気にして俯いていると、少し苦しげな声で父が言う。振り返ると僅かな顰《しか》め面《つら》がこちらを見ていたので、火傷が痛むのかも知れない。

「その晴れ着、月蘭《げつらん》はとても喜んでいた。お前によく似合うと。だから、気にするな」

言葉少なでぶっきら棒な父の言葉は、たまにちょっとわかりにくい。けれど、母がこの晴れ着を着た螢月《けいげつ》を嬉しそうに見ていたことを思い出し、静かに頷いた。

僧侶のよく通る低い声が経を読み上げ、村の男衆が松明を手に集まる。

母の亡骸は、静かに炎に包まれた。

「螢月《けいげつ》」

立ち昇る炎と煙を見つめながら涙を落としていると、父が囁きかける。

「母さんの櫛は持っているか？」

頷きながら腰に下げた巾着袋を摑む。いつもは帯の間に挟んでいるが、晴れ着なのでこちらへしまっておいた。

亡くなる直前の母も同じことを言っていた。何故そんなにもこの櫛のことを気にするのだろう、と不思議に感じたところで、母が言っていたことを思い出した。

「母さんが亡くなる前にね、なにか大事な話があるって言っていたの。父さんが帰って来たら話すって」

どんな内容の話か知っているか、と尋ねると、父は明らかに動揺を見せた。父のそんな様子を見るのは初めてのことで、螢月《けいげつ》も驚いた。

「けいげつねえちゃーん！」

なにかよくないことだろうか、と不安を感じたとき、村の子供達の声が聞こえた。

葬儀は退屈なので、小さな子供達は村の方で遊んでいたのだ。

「おきゃくさんだよー！」

「お客さーん！」

呼び声に振り返ると、楽しげに叫びながら駆けて来る子供達の後ろに、何人かの人影が見えた。

参列してくれていた村人達もついつい振り返り、僧侶の読経だけが続いている。目を眇めて客人とやらの姿を見ようとした螢月《けいげつ》は、あっ、と小さく声を零し、口許に手を当てた。

何故、あの人がいるのだろう——そんなことを思った螢月《けいげつ》の驚きを遮るように、こちらに向かって来る男達の先頭を歩いていた青年が、軽く手を上げる。

「——…鴛翔《えんしょう》さん？」

確かめるように小さく呟くと、聞こえている筈がないのに、応えるように青年が笑ったような気がした。

螢月《けいげつ》はこちらへやって来る鴛翔《えんしょう》の姿を驚きを隠さないままに眺め、その視線を受ける彼は柔らかな笑みを浮かべていたが、立ち昇る荼毘の煙を見つめると、静かに表情を改めた。

「二度と来るなと言ったが」

これはいったい誰なのだろう、と村人達の怪訝そうな視線が集まる中、守月《しゅげつ》が押し殺した声で吐き捨てる。

「お約束出来かねると申し上げたでしょう」

平静と受け止めて応じると、ギロリと睨み返される。鴛翔《えんしょう》は静かに頭を下げた。

「此度のことにお悔やみを。御坊の読経が終わってから話をさせて頂きたい」

そう言って、参列する村人達の後方へと身を退いた。

人々は小声で囁き合いながら、鴛翔《えんしょう》達一行にチラチラと視線を投げかける。こういう人里離れた小さな村落では、見慣れない人間は好奇と奇異の目に晒されるのが常だ。

螢月《けいげつ》は落ち着かない心地を抱きながらも僧侶の方へ向き直り、母の為に唱えられている経に耳を傾ける。大切な送りの場でよそ事に気を取られるだなんて、亡くなった母に悪いことをしてしまった。

しばらくして読経が終わり、僧侶は螢月《けいげつ》達遺族に対して僅かな説法を説いてから帰って行った。あとは荼毘の火が尽きるまで番をして、遺骨を集めて埋葬するだけだ。

大半の村人達はこの時点で家に戻って行ったので、彼等に礼を言って見送ったあと、螢月《けいげつ》は改めて鴛翔《えんしょう》達に向き直る。

もう傍に行っても大丈夫そうだ、と判断した鴛翔《えんしょう》も、螢月《けいげつ》と守月《しゅげつ》の許へとやって来る。すれ違い様にちらちらと視線を向けてくる村人達に、愛想よく会釈を向けながら。

「久しぶりだ、螢月《けいげつ》殿」

「はい。あの……」

頷きながら、後方に控える男達へと目を向ける。視線が合った男達が揃って会釈してくれるので、こちらも会釈を返した。

「ああ、彼等は……先だって襲われた故に、護衛をつけられたのだ。見苦しくてすまぬ」

「いいえ、そんなことは……」

首を振りながら、改めて鴛翔《えんしょう》を見上げる。怪我はもうすっかりよくなったようで、姿勢もまっすぐに伸びていた。

「なにをしに来た」

そんな二人のやり取りを黙って見ていた守月《しゅげつ》が、先程と同じように凄《すご》むように低くした声で尋ねる。父さん、と螢月《けいげつ》が窘めるように呼ぶが、鴛翔《えんしょう》がそれを制した。

「まずは、此度のことに哀悼の意を示させて頂きたい。心よりお悔やみを申し上げる」

深々と下げられた頭に向かい、守月《しゅげつ》は目を眇める。

「誰から聞いた」

「先程、村で子等に」

住居がわからなかったので遊んでいた子供達に尋ねたら、今は葬式の最中だ、と教えてくれて、村外れの送りの場まで案内してくれたのだ。亡くなったのが螢月《けいげつ》の母であることも教えてくれたという。

そうでしたか、と頷きながら、また涙が溢れそうになる。

一晩経ち、もう茶毘にも付してしまっているというのに、心では母の死をまだ受け止めきれていない。まだ信じられない気持ちでいる。

守月《しゅげつ》はそんな娘の様子を横目に見つめつつも、向き合う鴛翔《えんしょう》へと注意を向けていた。弔辞を述べる様子に含みはなく、本心から見も知らぬ月蘭《げつらん》の死を悼んでくれているようだということは窺い知れた。それだけは好感が持てる。

しかし、再訪のことに関しては別だ。

二度と来るな、と確かに言った筈だったというのに、気にせずに飄々《ひょうひょう》と現れた。なにを企んでいるというのか。

睨みつけながら、もう一度「なにをしに来た」と尋ねた。

鴛翔《えんしょう》は静かに顔を上げ、僅かに下の位置にある守月《しゅげつ》の瞳を真正面から見つめる。

「今日は、かなり間が悪く、明らかに日が悪かったとは感じるのだが……」

僅かに言い淀みながら呟き、ふう、とひとつ息をつく。戸惑った表情の螢月《けいげつ》を見て気持ちを引き締めてから、警戒している守月《しゅげつ》に視線を戻した。

「螢月《けいげつ》殿に、婚姻を申し込みに参った」

大きく息を吸い込んだあとにはっきりとした声で告げられた言葉に、螢月《けいげつ》が驚いて息を呑むのと、守月《しゅげつ》が包帯に包まれた手で鴛翔《えんしょう》の胸倉を掴み上げるのが同時だった。

「下がれ！」

間髪を容《い》れずに護衛という男達の持った剣先が守月《しゅげつ》の首許を捉え、鴛翔《えんしょう》が鋭い声でそれを制する。男達は「しかし！」と反論しかけるが、それをもう一度制されて、渋々と太刀を鞘《さや》に納めた。

そんな状況に遭って螢月《けいげつ》は悲鳴を上げて倒れ込みそうになったが、当の守月《しゅげつ》はまったく動じず、摑み上げる手に更に力を入れる。

「血迷ったか」

低い声で問えば、いいえ、と首を振られる。

「わたしは、螢月《けいげつ》殿に惹かれました。伴侶に迎えたいと思うくらいに」

言いながら手首を掴む。けれど、それを引き離しはしない。掴んだまま再びしっかりと守月《しゅげつ》の目を見据える。

「螢月《けいげつ》殿と、夫婦になりたいと思ったのです」

掴まれた手首を睨んだ守月《しゅげつ》は、その手を振り払い、驚いた表情のまま固まっている螢月《けいげつ》に目を向けた。螢月《けいげつ》は言葉もなく鴛翔《えんしょう》を見つめている。

「螢月《けいげつ》」

意識をこちらへ戻させるように呼ぶと、双眸を見開いたまま、ぎこちなく視線を返してくる。

「お前はどうしたい？」

「え……？」

「嫁に行くのはお前だ。お前がどうするのか決めろ」

何処か突き放したようなその問いかけに首を傾げたのは、鴛翔《えんしょう》だった。

守月《しゅげつ》に嫌われているような自覚はあった。きっと反対されるだろうし、もちろん許諾などされないだろうし、二、三発は殴られることを覚悟して訪ねて来たのだが、そうでもないような口振りだ。螢月《けいげつ》が頷いてくれれば、それ以上の問題はなさそうな雰囲気ではないか。

これはどうしたことだろう、と戸惑い、護衛の内にいる潤啓《じゆんけい》に視線を投げかける。応じる彼も守月《しゆげつ》の言葉の真意は推測も出来ないらしく、軽く首を振られた。

問われた螢月《けいげつ》はというと、まだ動揺が抜けないのか、視線をあちこちに彷徨《さまよ》わせながら、困惑の限りを尽くした表情をしている。

「螢月《けいげつ》」

おろおろとしている娘にもう一度声をかけると、螢月《けいげつ》は泣き出しそうな声で「わからない」と答えた。

「いきなり、そんな……わからないわよ。どうすればいいの、父さん……」

動揺と困惑と不安に揺れる声で尋ね、縋りつくように守月《しゆげつ》の腕を掴む。鳥肌が立つくらいに冷えた指先だった。

守月《しゆげつ》は静かにその手を上から握り締める。手を温めて落ち着かせてやるように。

「お前はこの男をどう思っている？」

「どう？」

「好いているか？」

その問いかけが思考の奥に届いたあと、螢月《けいげつ》はじわじわと頬が熱くなっていくのを感じた。

「わ、わからない……」

躊躇いがちに零された答えに、鴛翔《えんしょう》は僅かに落胆する。

「好きとか、そういうのは、本当によくわからないの。でも……いい人、だとは、思う」

思い返してみても、今までの十八年の人生の中で、誰かを特別に好きだと思ったことはないと思う。

同年代の少女達と同じように、村長の息子である青甄《せいしん》を素敵だと思ってはいたし、そういう話題になれば否定せずに同意していたが、それが伴侶にしたいという明確な感情であったかと言えば否だ。

そんな青甄《せいしん》よりも――

「鴛翔《えんしょう》さんは、一緒にいると楽しいと思えた。それが好きってことなら……その、好きなのかも知れない、です……」

淡く頬を染めながら答えると、守月《しゅげつ》は小さく溜め息を零し、鴛翔《えんしょう》は口許を緩めた。

「共にいることを楽しいと思ってくれたのなら、今はそれで十分だ。――螢月《けいげつ》殿」

呼ばれ、はい、と僅かに声を裏返しながら見上げると、鴛翔《えんしょう》は螢月《けいげつ》の手を摑んできた。驚いて手を引きそうになるが、その掌の上に翡翠の指環を載せられる。

「求婚をするときは、男は女性に装飾品を贈る慣習があると聞いた。だから、これを、どうか受け取ってはもらえぬだろうか」

螢月《けいげつ》は困惑しながら掌に載せられた指環を見下ろす。

「其方が大変な状況のときにこんな申し出をして、とても困らせているとは思う。すまぬ。だが、わたしの気持ちを少しだけでいい。受け止めて、先のことを考えて欲しいのだ」

「でも」

「受け取ったからといって、必ずわたしの妻になってくれとは言わぬ。急かすつもりもない。幾日でもかけてわたしという男を知って、それからどうしたいか、改めて気持ちを決めて欲しい」

そういったことでは駄目だろうか、と問いかけられ、螢月《けいげつ》は困ってしまって父を仰ぎ見る。

「決めるのはお前だ」

しかし父の言葉は素っ気ない。

火照りの引かない頬を恥じらいながら、鴛翔《えんしょう》を見つめ返す。彼の目つきは真剣そのもので、これが決して悪戯《いたずら》などではないということが感じられた。

きっと、いますぐ断っても怒らないだろうし、彼が言う通りにしばらくしてから断っても怒らないだろう。それくらいに、鴛翔《えんしょう》からは強引さや、無理矢理言うことを聞かせようという不快さは感じられなかった。

「——…なんだよ、それ」

鴛翔《えんしょう》からの誘いに答えを返そうとしたとき、遠巻きに居残っていた村人の中から声が届いた。

声の主は青甄《せいしん》だった。

彼は荼毘の火の番を手伝いながらも、ずっと螢月《けいげつ》達のやり取りを聞いていたのだ。

僅かに震えて上擦る声が、もう一度同じ問いかけを発する。

「なんだよ、それ」

「俺の嫁にはなれなくて、そんな得体の知れないよそ者の嫁には行くのかよ、螢月《けいげつ》」

「おい、青甄《せいしん》」

ふらりと歩み寄って来る青甄《せいしん》の肩を、共にいた飛虎《ひこ》が気を利かせて摑んで止めるが、青甄《せいしん》はそれを乱暴に振り払った。

「なあ、螢月《けいげつ》！」

怒鳴るように大きな声を出され、螢月《けいげつ》は思わず身を竦めた。

青甎《せいしん》には昨夜の祭りの際に、結婚を求めているようなことを言われた。けれど、その申し出に言いようのない不愉快さを感じてしまい、すぐに断ったのだ。

求婚の証《あかし》として簪を渡しながら、彼は「本当は月香《げっか》ではなく、螢月《けいげつ》を嫁にしたいと昔から思っていた」と照れ臭そうに告白してきた。月香《げっか》に縁談を持ちかけたのは、両親が月香《げっか》を気に入っているから、という理由だったそうだ。

その告白になんとなく不誠実さを感じて、どうしても受け入れられなくて断ったところで、村の方に火の手が上がっていることに気づき、遊びに来ていた全員で慌てて戻ったのだ。その所為で回答が微妙に有耶無耶《うやむや》となっていた。

凄むような態度などは、いつも仏頂面で目つきの悪い父の様子から慣れてはいるが、大きな声で怒鳴りつけられるのは苦手だ。怯《ひる》んで後退《あとずさ》りながら、自分の身を守るようにぎゅうっと両腕を抱く。

「やめろって、青甎《せいしん》」

螢月《けいげつ》が怯えている様子に気づいた飛虎《ひこ》が押し留めようとするが、青甎《せいしん》は止まらない。もう一度腕を振り払い、螢月《けいげつ》の許へ近づいて来る。

その間に鴛翔《えんしょう》が立ち塞がる。邪魔をされた青甎《せいしん》は腹立たしげに睨みつけてきた。

「なんだよ、あんた？」

不愉快そうに尋ねられるので、鴛翔《えんしょう》も軽く眉を寄せる。

「其方と同じく、螢月《けいげつ》殿に求婚した者だ」

「よそ者が」

明らかな敵意の滲む声で言うので、護衛の男達が気づかれないように身構える。守《しゅ》月《げつ》は螢月《けいげつ》の父親だから、多少の無礼は黙殺するように命じられていたが、青甄《せいしん》は違う。控えているように目配せを受けたから今は留まっているだけで、いつでも不敬罪で斬り捨ててやれる。躊躇う理由がない。

チッ、と舌打ちすると、青甄《せいしん》は踵を返した。

「何処でこんな男を誑《たら》し込んだんだか」

吐き捨てるように侮辱的な言葉を投げつけられ、螢月《けいげつ》は双眸を瞠った。

「これだけ親切にしてやってきたっていうのに」

唇を皮肉気に歪めながら呟き、睨みつけるように見遣ってくる。その目の中に明らかな苛立ちが見て取れて、螢月《けいげつ》は無意識に怯んだ。

「お前がそんな尻軽だとは思わなかったよ、螢月《けいげつ》」

大きな溜め息と共に言うと、そのまま村の方へ戻って行ってしまう。飛虎《ひこ》も螢月《けいげつ》達に慌てて会釈を残し、青甄《せいしん》のあとを追って行った。

「……なんだ、あいつは」

厳しい表情で黙り込んでいる鴛翔《えんしょう》の代わりに、護衛の一人が呟いた。まったくだな、と他の男達も同意し、侮辱を受けた螢月《けいげつ》に気遣わしげな視線を向ける。

酷い言葉を投げつけられた螢月《けいげつ》は、凍りついたように固まってしまっている。

まさかあんなことを言われるだなんて思ってもみなかった。青甄《せいしん》がそんなことを言うような人だったなんて、まったく想像の範囲の外だった。

人は見かけによらないな、と呆れたように嘆息したところで、強張っていた身体から緊張が解けていく。どっと疲れが押し寄せてきた。

よろけたところを鴛翔《えんしょう》が支えようと手を伸ばしてくれるが、一瞬早く、螢月《けいげつ》は守月《しゅげつ》に抱き留められる。

「あれは何処の誰なのでしょう？」

差し出しかけた手を引っ込めながら、鴛翔《えんしょう》は苦笑して尋ねる。

村長の長男だ、と守月《しゅげつ》は答えるが、表情がいつもより険しく歪んでいる。

「面倒なことになったな」

娘を侮辱されたから怒っているのだろうか、と鴛翔《えんしょう》がその表情の意味を読み解こうとしていると、ぽつりと呟かれる。その言葉に螢月《けいげつ》は再び身を強張らせた。

村長の一族に嫌われたりしたら、あっというまに村八分にされる。こんな狭い村落の中のことだ、村中から無視をされるだけでも死活問題に繋がるのだ。

どうしよう、と螢月《けいげつ》は青褪める。あんな唐突な求婚を断っただけで、こんな事態になるとまでは考え至らなかった。

自分一人が嫌がらせを受けたりする分にはいいが、父や、いずれ戻って来るだろう月香《げっか》にまで被害が及ぶのは、大変に申し訳ない。

青褪める螢月《けいげつ》を慰めるように肩を抱き、守月《しゅげつ》は鴛翔《えんしょう》に向き直った。

「問おう」

その言葉に「なんなりと」と鴛翔《えんしょう》は頷く。

「お前は蔡家の中でどの位置に立つ？　お前に預けて、螢月《けいげつ》を守れるか？」

父の問いかけに、螢月《けいげつ》はハッと息を呑む。震える声で呼びかけるが、黙殺された。

対する鴛翔《えんしょう》は僅かに考える素振りを見せてから、言葉を選んで口を開く。

「蔡家の中に限定して言えば、かなり上位に在るとお考え頂きたい。螢月《けいげつ》殿を守れるか、との問いには、出来得る限りの全力を尽くします、とお答え致そう」

答える鴛翔《えんしょう》の瞳をじっと見つめる。隠している部分はあるように感じられるが、嘘を言っているような雰囲気はないと思われる。

ふう、と息をつき、守月《しゅげつ》は不安げに見つめてくる螢月《けいげつ》を見下ろした。

「お前はこいつと共に、都に行け」

「父さん？」

「青甄《せいしん》の様子を見ただろう。ここに居づらくなるのは必至だ」

村を離れるのが得策だ、と言われるが、螢月《けいげつ》は首を振る。

「月香《げっか》が戻って来るかも知れないのに……」

行方の知れなくなっている妹のことが一番の懸念だ。彼女が戻ったときに誰もいなかったりしたら、どれだけ傷つくことだろうか。

ただでさえ母の死に目にも会えていないのに、家族全員とも行き違ってしまったら、もう二度と会えないような気がする。そんなことは絶対に嫌だった。

悲しげに声を震わせる螢月《けいげつ》の肩を抱き、大丈夫だ、と守月《しゅげつ》は言った。

「あれは恐らく都にいる」

えっ、と声を詰まらせ、螢月《けいげつ》は双眸を瞠った。

「詳しい居場所はまだわからない。だから父さんは、緑厳《ろくげん》に捜しに行こうと思っていた。その間、何日もお前を一人にしてしまうことが不安だったが、……こいつがいるなら、一先《ひとま》ずは安心出来る」

そう言って鴛翔《えんしょう》を睨みつけるように視線を送る。その視線を受けた鴛翔《えんしょう》は少し驚いたように目を見開いたが、黙って頷いた。

「……話がある。面を貸せ」

渋い顔で顎をしゃくり、この場を離れるように指示をする。頷いた鴛翔《えんしょう》は、護衛の者達に向かって身振りで待機を示し、螢月《けいげつ》の傍にいるようにも伝えてその場を離れた。父に言われたことを反芻《はんすう》しながら、離れて行く二人の姿を見送っていると、あのぅ、と声をかけられる。振り返ると、柔和な面持ちの武官がこちらに会釈を送ってきた。

「火の番、していましょうか？」

その言葉にハッとする。母を焼く火の番をすっかり疎《おろそ》かにしてしまっていた。

先程までは村の人達が見ていてくれたが、いつの間にか人影がなくなっている。立ち去る際に青甎《せいしん》がなにか言ったのだろうか、と嫌な考えが浮かんでしまい、気分が落ち込んだ。

「ありがとうございます」

礼を言って火の傍に行き、まだ時間がかかりそうだと確認する。

ほうっと細く息を吐き出すと、酷く頭が痛むような気がした。

昨夜から立ち止まることなく降りかかってくる状況に、思考と心が追いついて行けていない。感情のなにもかもがぐちゃぐちゃに混ぜられて、けれど綺麗に混ざりきらなくて、酷く濁った状態のまま沈殿しているような心地だ。

もう一度溜め息を零して俯いていると、先程の武官が隣に立っていることに気がついた。

「ゆっくりとでいいと思いますよ」

振り返ると、心の内を見透かされたような言葉を投げかけられる。

「焦って整理をつけることはないと思います。お母様が亡くなられた悲しみも、世……いえ、鴛翔《えんしょう》様からのお申し出の答えも、ゆっくりと考えて、お心に納得をさせればいいと僕は思います」

的確な言葉を告げられて、螢月《けいげつ》はますます驚いた。

「あの……？」

いったい誰なのだろうか。

「ああ、いきなりすみません。潤啓《じゅんけい》とお呼びください。鴛翔《えんしょう》様の護衛官です」

「はあ……。あ、螢月《けいげつ》です」

名乗り合って会釈し合うと、なんとなくお互いに笑みが浮かんだ。話しやすい雰囲気の人だと思う。

父と鴛翔《えんしょう》が戻って来るまでの間、火の番をしながら潤啓《じゅんけい》と少し話をした。彼の祖父も少し前に亡くなったことや、鴛翔《えんしょう》とは幼い頃からの仲であること、螢月《けいげつ》を伴侶に迎える為に都に戻ってからいろいろと努力をしていたことなど。

話をしていくうちに、螢月《けいげつ》は不思議と落ち着いてきた。潤啓《じゅんけい》の柔らかい雰囲気がそうさせてくれたのかも知れない。

だからこそ、しばらくして戻って来た父と鴛翔《えんしょう》に、はっきりと自分の気持ちを告げられた。

「私、鴛翔《えんしょう》さんと都に行きます」

これが正しい決断だと思った。

先に更なる波乱が待ち構えているとは、このときは知る由もなかった。

〈下巻へつづく〉

＜初出＞

本書は、2023年から2024年にカクヨムで実施された「第9回カクヨムWeb小説コンテスト」で特別賞（プロ作家部門）を受賞した『萌梅公主偽伝』を加筆・修正したものです。

この物語はフィクションです。実在の人物・団体等とは一切関係ありません。

メディアワークス文庫

萌《ほう》梅《ばい》公《こう》主《しゅ》偽《ぎ》伝《でん》〈上《じょう》〉

都《つ》月《づき》きく音《ね》

2025年2月25日　初版発行

発行者　山下直久
発行　株式会社KADOKAWA
〒102-8177　東京都千代田区富士見2-13-3
0570-002-301（ナビダイヤル）
装丁者　渡辺宏一（有限会社ニイナナニイゴオ）
印刷　株式会社暁印刷
製本　株式会社暁印刷

ISBN978-4-04-916199-1 C0193

メディアワークス文庫　https://mwbunko.com/

本書に対するご意見、ご感想をお寄せください。

あて先
〒102-8177　東京都千代田区富士見2-13-3
メディアワークス文庫編集部
「都月きく音先生」係

聖獣王のマント

紅玉いづき

少女は王となった。
ドラマチックロマンファンタジー！

行き場もなく夜の街をさまよっていた家出少女チル。ある夜、路地裏に突如降ってきた黄金の髪を持つ美しい男。その口が発したのは——「うまれかわりを、のぞまれますか?」「我が王よ」

かくして、チルは異世界に取り込まれる。破れたマントを胸に抱えて迷い込んだのは、かつて豊かな織物の国と呼ばれた動乱の国リスターン。一度はすべてを諦めた無力な少女は、荒廃した国を救い、王となり得るのか。少女文学の旗手が贈る、ドラマチックロマンファンタジー。

『ミミズクと夜の王』から17年。こんな紅玉いづきを、待っていた‼

メディアワークス文庫

皇帝陛下の御料理番

佐倉 涼

絶品料理と奇抜な発想力で
皇帝を虜にする、宮廷グルメ物語！

　険しい山間で猫又妖怪とひっそりと暮らす少女・紫乃は、ある日川から流れてきた美しい男——皇帝・凱嵐を助ける。

「御膳所で働くか、この場で斬って捨てられるか……どちらでも好きな方を選ぶが良い」

　紫乃の料理に惚れ込んだ凱嵐に強引に連れ去られた先は、皇帝が住まう豪奢な天栄宮。紫乃は、皇帝の口に合わない食事を作れば首を刎ねられると噂の御膳所の「料理番」に任命されてしまう！　礼儀作法も知らない紫乃に周囲は反発するが、次第に彼女の料理で宮廷は変わっていき——⁉

「第８回カクヨムWeb小説コンテスト」カクヨムプロ作家部門《特別賞》を受賞した、成り上がり宮廷グルメ物語！

後宮の弔妃

冬馬 倫

その後宮には、どんな怪異もひれ伏す
伝説の妃あり。新後宮ミステリー開幕!

中津国の後宮で、一人の貴妃が二〇ヶ月ものあいだ身籠り続けていた。

亡き皇兄の呪いと噂される怪異を鎮めるため、若き皇帝廉新はある人物のもとへ。

それは三〇〇年の時を生きる伝説の「弔妃」。歴代皇帝に仕え、その神秘性から畏怖され秘されてきた不老不死であり、皇帝さえも意のままにできない特別な妃で――。

自身にかけられた呪いを解くため医科学に精通する弔妃は、その圧倒的知識で宮廷内の怪事件を弔ってきたという。謎を通し二人が出会う時、数奇な運命が動きだす。

メディアワークス文庫

どうも、前世で殺戮の魔道具を作っていた子爵令嬢です。1

優木凛々

既刊2冊発売中！

親友の婚約破棄騒動——。断罪の嘘をあばいて命の危機!?

子爵令嬢クロエには、前世で殺戮の魔道具を作っていた記憶がある。およそ千年後の平和な世に転生した彼女は決心した。「今世では、人々の生活を守る魔道具を作ろう」と。

そうして研究に没頭していたある日、卒業パーティの場で親友の婚約破棄騒動が勃発。しかも断罪内容は嘘まみれ。親友を救うため、クロエが真実を全て遠慮なくぶちまけた結果——命を狙われることになってしまい、大ピンチ！

そんなクロエを救ってくれたのは、親友の兄であり騎士団副団長でもあるオスカーで？

メディアワークス文庫

第30回電撃小説大賞《大賞》受賞作

竜胆の乙女

わたしの中で永久に光る

fudaraku

「驚愕の一行」を経て、
光り輝く異形の物語。

明治も終わりの頃である。病死した父が商っていた家業を継ぐため、東京から金沢にやってきた十七歳の菖子。どうやら父は「竜胆」という名の下で、夜の訪れと共にやってくる「おかととき」という怪異をもてなしていたようだ。

かくして二代目竜胆を襲名した菖子は、初めての宴の夜を迎える。おかとときを悦ばせるために行われる悪夢のような「遊び」の数々。何故、父はこのような商売を始めたのだろう？　怖いけど目を逸らせない魅惑的な地獄遊戯と、驚くべき物語の真実——。

応募総数4,467作品の頂点にして最大の問題作!!

メディアワークス文庫